Contes et Légendes
de Bretagne

Pour Erwan P., bien sûr.

Collection Contes et Légendes dirigée par Elisabeth Gilles Sebaoun

© Éditions Nathan (Paris-France), 1996
© Éditions Nathan, 1998, pour la présente édition

© NATHAN/VUEF, 2001

YVES PINGUILLY

Contes et Légendes
de Bretagne

Illustrations de Joëlle Jolivet

Si vous voulez bien, croyez-moi
Sinon, allez vous-même y voir.

I

LA LAVANDIÈRE
DE LA NUIT

Mao Couzanec, sa femme Enori et leurs quatre enfants habitaient la paroisse de Plonévez-ar-Faou. Lui n'était qu'un simple bûcheron qui passait toutes ses journées à couper, fendre du hêtre ou dessoucher les prairies. Il faisait cela d'ici à Brennilis, c'est-à-dire de Plonévez-ar-Faou jusqu'aux marais des enfers... Il avait, au fil du temps, appris à tout connaître du monde visible de la nature, que ce soit du côté des monts d'Arrée ou de la Montagne Noire.

En Bretagne comme ailleurs, un bûcheron ne devient jamais riche et Mao ne courait pas à son travail avec un bissac rempli de pain frais et de lard fumé. Non ! Après sa soupe du matin, il n'emportait pour sa journée qu'un peu de pain d'orge.

Enori travaillait dur, elle aussi, pour essayer d'ajouter de temps en temps une belle pièce de deux sols aux quelques liards de son mari. Elle était fileuse et, tout le jour, plus quelquefois la nuit, ses mains parlaient avec son rouet ou sa quenouille. En plus encore, elle était repasseuse de coiffes.

Ce soir-là, difficile de dire si c'était un temps de chien ou un temps de loup. Il avait plu toute la journée et il pleuvait encore un peu, même si la lune ronde avait repoussé presque tous les nuages. C'était samedi d'avant la fête de la Trinité. La veille, les paysans avaient porté des mottes de beurre à l'église pour saint Herbot, le protecteur des bêtes à cornes. Enori décida de se rendre au lavoir. Il était tard. Seule la lumière pâle de la lune éclairait le monde des vivants. Cette semaine, elle avait tant filé et tant repassé qu'elle n'avait pas eu le temps de laver les chemises du dimanche des enfants et de son mari. Mais, ce soir-là, elle trouverait encore du temps pour qu'eux aussi aient leurs chemises propres pour la grand-messe de demain.

Elle partit avec son ballot de linge vers le lavoir. Dès qu'elle fut à genoux dans sa caisse[1], une femme arriva, toute vêtue de blanc, tête nue, avec un paquet de linge dans les bras.

– Bonsoir, ma commère, puis-je m'installer près de vous pour laver des draps et des habits ?

Bien qu'un peu surprise et craintive, Enori aimablement répondit :

---

1. Caisse : au lavoir, toutes les femmes s'installaient dans une caisse en bois, à trois côtés, pour brosser et battre leur linge.

– Bien sûr que oui, la place ne manque pas.

À peine la femme commença-t-elle à laver qu'elle acheva sa tâche. Ses draps et ses habits, elle les avait savonnés, frottés, écrasés avec son battoir et rincés à l'eau claire, presque en un clin d'œil. Elle proposa à Enori :

– Je peux vous aider si vous le voulez... je peux même laver tout votre linge. Votre battoir a l'air de vous peser bien lourd !

Enori, toute souriante, répondit :

– C'est vrai que je suis un peu fatiguée. J'ai la vie dure. De l'angélus du matin à l'angélus du soir, je ne cesse de travailler. Souvent même, alors que le cœur de la nuit se repose sur la terre, je travaille encore.

– Je vais laver vos chemises, laissez-les-moi et, si vous avez d'autre linge en attente, allez le chercher. À nous deux, nous en viendrons à bout avant même que la pleine lune n'ait fini sa toilette dans l'eau savonneuse du lavoir.

Enori remercia vivement l'étrangère et partit vite vers sa maison chercher ce qui restait à laver.

Arrivée chez elle, Mao s'étonna de la voir revenue si vite. Elle lui raconta sa rencontre. Elle n'eut pas le temps de lui dire à quel point elle avait trouvé cette femme aimable : il lui vola la parole.

– Ma pauvre femme ! Malheureuse ! Sais-tu... ô mon Dieu, sais-tu que tu viens de rencontrer une *manouès-noz*[1], une femme de nuit ? Elle est sûrement venue te voir sur l'ordre du démon pour voler ton âme ou celle de nos enfants, en faisant semblant d'être aussi bonne que la mère de l'Enfant-Dieu ! Ferme bien la porte à double tour.

– Mais si je ne vais pas la retrouver, elle va venir ici pour m'apporter mon linge.

---

1. *Manouès-noz* : en français, cela donne « femme de nuit ». Dans les contes et légendes, c'est souvent une revenante ou une sorcière. Quand elle est lavandière de nuit, on l'appelle quelquefois *gannerez-noz*.

Mao répéta :

– Ferme bien la porte, vite ! Fais ce que je te dis !

Il regarda Enori droit dans les yeux et ordonna :

– Balaie toute la maison et ensuite mets le balai dans un coin, la tête en bas ; suspends le trépied[1] de la cheminée à un clou et lave-toi les mains avec l'eau de pluie qui est là dans le seau.

Tout de suite, Enori fit comme son mari lui avait dit. Dès que ses mains furent bien lavées, Mao versa le seau d'eau dans la cheminée pour éteindre le feu.

Sans même prendre le temps de complètement se déshabiller, ils se couchèrent sous leur couette de fine balle d'avoine qui, avant leur mariage, avait été vannée au vent de mer.

La *manouès-noz* – car c'en était bien une –,

---

1. Trépied : support métallique à trois pieds, sur lequel on pose le chaudron.

qui avait vainement attendu Enori, vint frapper à leur porte.

– Enori Couzanec, ouvre-moi ! Je viens t'apporter tes chemises bien blanchies.

Ni Enori ni son mari ne répondirent un seul mot. Sept fois, la femme de nuit frappa la porte, essayant de se faire ouvrir. Sans succès. Alors, il y eut dehors quelques miettes de silence parfait et, tout à coup, on entendit s'élever et tourbillonner un grand vent. Ce n'était autre que la colère de la *manouès-noz*. Enori et Mao, bien cachés sous leur couette, entendirent sa voix :

– Trépied, ouvre-moi cette porte puisque aucun chrétien ne me fait la charité d'obéir.

– Impossible, je suis pendu à un clou ! répondit en bégayant le trépied.

– Balai, mon bon, mon beau, vite, viens m'ouvrir.

– Impossible, ma tête est en bas et mon pied en haut !

– Alors toi, ma belle eau du seau, belle eau de pluie, glisse jusqu'à moi et ouvre-moi.

– Impossible, on m'a jetée sur le feu et je suis morte comme le feu !

Juste après cette réponse de l'eau, le grand vent tomba. Enori et Mao, serrés et tremblants, entendirent la méchante voix de la nuit crier :

– Maudite Enori Couzanec, tu as eu bien de la chance d'épouser un bûcheron assez savant pour te faire la leçon !

Le lendemain dimanche, sur le chemin de l'église, où ils marchaient avec leurs quatre enfants, Mao dit à Enori :

– Probable que cette *manouès-noz* était une pécheresse qui avait passé sa vie à frotter le linge des braves gens avec des pierres pour économiser son savon. Afin d'expier ses péchés, elle aura été condamnée à laver du linge pendant cent ans ou mille ans, au lieu de se promener tranquillement dans le bonheur du ciel. Elle voulait certainement que tu prennes sa place !

Écoutez et vous entendrez
Si vous voulez vous croirez
Si vous voulez vous ne croirez pas
Voici ce que j'ai à vous dire.

II
QUI VOIT OUESSANT VOIT SON SANG

BRUME. Brouillard. Brouillardise. C'était chaque jour et chaque nuit un épouvantable jour et une épouvantable nuit, sur l'île et sur la mer. Il faut dire que « le temps qui passe » s'était déjà éloigné de plus d'un mois de l'équinoxe d'automne.

Pour les pêcheurs de l'île et pour leurs familles, les temps étaient durs.

À cette époque, que ce soit du côté de la baie de Pol ou à la pointe du Créac'h... là où les *viltansous*[1] venus de chez le Diable dansent la nuit, il n'y avait pas de port pour les bateaux. Chaque jour de leur vie, les femmes avec leurs hommes poussaient ou tiraient les esquifs dont la coque toujours trop lourde glissait sur les planches tartinées d'algues et de varech.

À cette époque, les enfants, pour remplir leur ventre, n'avaient guère plus que leurs parents. Chaque jour ou presque, un peu de soupe trop claire et une écuellée de bouillie d'avoine. Pas plus. Heureusement, de temps en temps, on améliorait l'ordinaire avec quelques crabes que les petits allaient attraper quand la mer, une fois basse, faisait semblant de se calmer un peu.

C'était ça, la vie sur Ouessant.

Ce jour-là, les bavelures de l'écume jetèrent sur les galets des étoiles de mer toutes recro-

---

1. *Viltansous* : êtres diaboliques qui, il n'y a pas si longtemps, venaient danser le sabbat avec les sorciers de l'île d'Ouessant, à la pointe du Créac'h.

quevillées. C'était certainement un signe maléfique. La nuit qui suivit fut une de ces nuits où les fantômes des rochers quittent les criques et les grèves pour aller rôder près des maisons basses et de leur misère.

Au matin ce fut un nouveau dimanche.

Toujours pas de nouvelles de la *Marie-Clotilde*. Un jour de plus sans qu'elle soit rentrée vers la rade de Brest. Les vieilles depuis dix dimanches déjà savaient qu'elle ne reviendrait plus ; qu'une fois encore la tempête et la mer s'étaient entendues pour faire mourir un beau navire, pour l'effacer du monde des vivants.

Ce dimanche matin-là, Aziliz se décida : elle pleura Erwan, son fiancé, disparu à jamais avec tous ceux de la *Marie-Clotilde* quelque part au-dessous des vagues.

Elle et lui ne se marieraient pas. Erwan qui savait si bien prendre entre ses mains sa tête à elle, coiffée de dentelle, ne la caresserait plus furtivement le soir après la procession de mars ou après une simple veillée. Fini. Lui dont les mains se voulaient plus câlines que les courants qui enserrent Ouessant aurait droit à présent à sa petite croix de cire au cimetière de Lampaul.

Aziliz pleurait et les mouettes qui criaillaient se moquaient. Peut-être savaient-elles qu'il y avait déjà eu beaucoup de larmes comme celles-là pour saler la mer.

À Ouessant, toutes les mères et les femmes, tous les enfants, garçons et filles, pleuraient les disparus de la *Marie-Clotilde*. Ils pleuraient sans même lever le poing devant l'océan qui, une fois de plus, avait pris pour lui un enfant de l'île.

À Ouessant cette fois encore, après tant de jours de tempête, il n'y eut plus guère à manger dans les maisons et il ne restait sur l'île qu'un seul bateau mal en point qui aurait eu bien besoin d'être calfaté avant de s'en retourner pêcher.

Ce fut un plus vieux que les autres qui prit

pour tous la parole. Un vieux culotté par les brises, un vieux bien ancré dans ses sabots par le poids de ses soixante-dix ans d'âge.

– Moi, je sais comment faire, dit-il.

Il reprit son souffle et ajouta :

– Je sais comment faire pour manger. J'ai été corsaire avec les corsairiens de France dans mon jeune temps, et boucanier aussi sur des îles mariées avec le soleil. J'ai fait sur les mers bien des choses que ne ferait pas ailleurs un simple chrétien. Alors... puisque Dieu lui-même nous a oubliés, seul l'Autre peut nous aider.

– Lequel d'Autre ? demanda une voix qui tremblait déjà.

– L'Autre, le Diable.

Toutes les mères et les femmes, tous les enfants, garçons et filles, plus de rares vieux et vieilles, se signèrent en silence.

– Qu'est-ce que tes mots veulent nous dire ? questionna la vieille Soaz, mère d'Aziliz.

– Ils veulent dire que chacun de nous peut devenir un vrai saltin[1]... un pilleur d'épaves, comme ils disent. On a trop faim. On va crever. Les joues des enfants n'ont pas plus de couleur que l'eau de pluie. Faut faire les naufrageurs !

– Naufrageurs ! Non ! Pas ça !

– Jamais !

– Le faire, ce serait être maudit dans sa vie et dans sa mort.

Des voix s'élevaient, mais le vieux reprit :

– Mieux vaut être maudit que laisser mourir les enfants !

– On ne peut pas être éternellement maudit quand on veut faire vivre les enfants, ajouta la vieille Soaz.

---

1. Saltin : pilleur d'épaves. Dans son poème « Le naufrageur », le poète breton Tristan Corbière écrit :

> *Mon père était un vieux saltin*
> *Ma mère une vieille margate...*
> *Une nuit, sonne le tocsin :*
> *– Vite à la côte : une frégate !*
> *Et dans la nuit jusqu'au matin,*
> *Ils ont tout rincé la frégate.*

Sans en dire plus, ils s'agenouillèrent en silence autour du vieux corsaire. Serrés. Ils savaient tous qu'ils devaient en arriver là puisque aucune aide ne leur venait plus depuis si longtemps de la mer ou du ciel.

Le soir même, dès que la nuit eut jeté son encre sur le monde, laissant la tempête se débrouiller seule pour toutes ses attaques, ils firent venir les vaches sur les rochers. Ils prirent bien soin de les faire marcher là, du côté où les récifs sortent de la mer dans le creux des vagues, aussi dangereux que des sabres d'abordage. Chaque vache portait, accrochées à ses deux cornes, deux torches bien allumées.

Dans une nuit aussi épouvantable, alors que la tourmente de l'eau et celle de l'air dansaient le sabbat, un bateau était bien obligé de se perdre... Aucun bon capitaine, ne disposant d'aucune bonne étoile pour se repérer au milieu des hurlures du vent, ne pourrait choisir la bonne route. Alors arriva ce qui devait arriver, c'est-à-dire ce que Dieu... ou Diable voulut.

Un capitaine aperçut la lumière... sur son tribord. Un phare, certainement ! Il donna ordre à la barre et continua sa route droit devant. Vers le feu qui éclairait. Vers la mort qui attendait...

... Le feu n'était qu'un feu follet inventé et qui dansait ; c'était un feu sorti de la chaudière du Diable, un feu d'enfer et rien d'autre.

Le brick[1] approcha, sous ses seuls huniers[2]. Quand ceux de l'île le virent, au dernier moment, avant qu'il ne s'écrase sur les rochers, déjà démantelé par les récifs du large, son clin-foc[3] déchiré battait l'air comme pour inscrire sur le noir de la nuit un dernier message de détresse.

---

1. Brick : navire à deux mâts gréés en carré. La rapidité des bricks en fit des navires appréciés des pirates.

2. Hunier : voile carrée située au-dessus des basses voiles.

3. Clin-foc : petite voile triangulaire amurée sur le mât de beaupré (situé à l'avant du navire).

Le vieux sortit son couteau de sa poche. Il prévint :

– C'est pour en finir avec les rescapés. C'est obligé, sinon nous finirons au bout d'une corde.

Leurs yeux brillaient, près de leurs vaches dans la nuit. Personne ne pouvait dire si l'eau qui mouillait leurs visages était embruns ou larmes.

D'un seul coup, on entendit la voix du capitaine hurler dans la nuit :

– Dieu de Dieu ! Les maudits ! Ils nous ont trompés !

Ce fut tout. La coque de chêne se fracassa sur les brisants.

Aziliz, à genoux dans la nuit, pleurait sans bouger, paralysée par trop de chagrin.

Aux premières lueurs de l'aube, les couteaux avaient été lavés dans la mer. Le pillage était achevé. Le ciel était remercié. Ils purent vivre quelque temps sur les restes de cargaison récupérés. Mais bientôt, sur l'île, les vivres de nouveau vinrent à manquer. Il fallut recommencer. Encore après, plus de dix fois il fallut recommencer... Les ventres, oui, se remplissaient et, chaque fois qu'il était nécessaire de naufrager un nouveau navire, on allumait un feu sur le haut du rocher de la pointe, en se servant du bois d'épaves.

Aucun n'était naufrageur par plaisir, mais pour que les enfants et eux-mêmes mangent presque à leur faim. Le dimanche, ils allumaient des cierges pour l'âme des trépassés. Aziliz, ce jour-là, jetait dans la mer une couronne d'ajoncs qu'elle avait tressés en y mêlant souvent des narcisses sauvages ou des perce-pierres. Elle n'avait plus toute sa tête, la pauvre. Elle parlait à la mer ou aux nuages. Ses joues s'étaient creusées et leur couleur rose s'était évanouie. C'était comme si le manque d'amour, comme si l'absence d'Erwan étaient chez elle une blessure inguérissable, donnant à ses gestes et à son sourire des lenteurs qui annonçaient la mort.

Quand elle cessait de se parler à elle-même, ou à l'image d'Erwan qui trottait dans sa tête, c'était seulement pour penser que d'autres filles comme elle, mais des blondes ou des rousses peut-être, pleuraient là-bas, au bord d'un autre océan, un fiancé noyé ici par les naufrageurs.

Quand, une fois de plus, les vivres vinrent à manquer, la grande famille de l'île s'apprêta pour naufrager un nouveau navire. Aziliz, ou plus folle ou moins folle que jamais, se jeta devant les naufrageurs. Elle leur cria :

– Non ! Arrêtez ! Non, plus jamais !

Ils la repoussèrent. Dans la tourmente était apparue une voile blanche en détresse. Elle cria encore :

– Arrêtez ! Cette voile blanche là-bas, je le sais, c'est la chemise de la Vierge. Arrêtez ou cette voile sera notre linceul.

Ils la jetèrent à terre avec force, mais sans méchanceté. La tempête avala les cris. Bientôt le bateau fut supplicié par les récifs. Son grand mât tomba doucement, désignant, tel un doigt pointé par le ciel, les naufrageurs qui attendaient sur la grève. Durant un court moment où la lune s'était dégagée des nuages, le vieux, au milieu des siens, vit la grande voile blanche flotter au-dessus des flots avec la légèreté des châles qui recouvrent les saintes dans les processions. Mais le temps pressait. Il fallait jouer du couteau. Achever les presque noyés et les autres, mutilés par la peur.

La mort, une fois de plus, fut la danseuse de la nuit, la prêtresse de la grève.

Quand l'aube vint, toutes les victimes, poussées sur l'île par les flots, avaient été dépouillées, et bien des caisses et des ballots récupérés et mis au sec, en lieu sûr. Mais, horreur ! L'effroyable cauchemar de la mort n'avait pas fini sa partie.

– Dieu du ciel, qu'avons-nous fait ?

Tous se retournèrent et regardèrent derrière eux, sur le côté. Aziliz était là, chantante et folle, assise sur une pierre. Elle berçait un noyé... son noyé : Erwan. Oui, Erwan, son Erwan à elle, avec sa médaille de saint Gildas autour du cou. C'est alors qu'ils virent, sur un morceau de bordage échoué là, le nom du navire : *Marie-Clotilde*.

– Oh ! Seigneur... nous avons tué nos enfants !

Oui, cette nuit-là devant Ouessant, c'était la *Marie-Clotilde* qui revenait enfin se mettre à la cape dans la rade de Brest.

Il y avait une fois, il y aura un jour,
C'est le commencement de tous les contes.
Il n'y a ni si ni peut-être,
Le trépied a toujours trois pieds.

III

LA JEUNE FILLE ET LE SEIGNEUR

EN CE temps-là, la terre était déjà ronde. C'était il y a bien longtemps, quand les poules avaient des dents, et le vieux chêne de la forêt sacrée de Plomodiern n'était encore qu'un gland tombé dans l'herbe !

Toujours est-il que vivait là, dans la plaine immobile surveillée par le Menez-Hom[1], une

---

1. Menez-Hom : l'un des points culminants de la Bretagne, situé à l'extrémité occidentale des montagnes Noires, dans le Finistère, et dont l'altitude est de 330 mètres.

très jeune fille, qui habitait une pauvre maison. Sa mère avait été fileuse de lin et son père *pilhaouer*[1], mais tous deux avaient entendu grincer depuis longtemps les essieux du chariot de l'*Ankou*[2] et ils en avaient perdu la vie sur-le-champ. Leur fille, Aourell, avait eu pour tout héritage la vieille vache de la famille avec laquelle, au long du jour, elle promenait son chagrin sous le ciel bleu ou gris.

Ce jour-là, on sentait dans l'herbe, sur les écorces et dans les pierres elles-mêmes, les démangeaisons du printemps. Aourell était au bord d'une lande avec sa vache. Elle suçait un bouton de primevère – pour garder une bonne santé toute l'année – quand elle entendit une cavalcade. Elle se retourna et vit le seigneur et son valet qui s'approchaient au grand galop.

Sans prendre le temps d'arrêter son cheval,

---

1. *Pilhaouer* : chiffonnier.
2. *Ankou* : c'est la mort dans la tradition bretonne.

le seigneur avec son fusil tira sur le gibier qu'il poursuivait. Hélas, si le gibier disparut au loin, plus vivant que jamais, la vache noire d'Aourell tomba, assez morte pour ne plus jamais se relever.

Le seigneur, brodé de la culotte au gilet, au lieu de plaindre la pauvre Aourell, lui lança du haut de son cheval :

— Tu n'as plus qu'à dépecer ta vache. Quand tu l'auras fait, porte la viande au château, tu en auras un écu et peut-être deux liards. Voilà, et sois heureuse que je te laisse la peau !

Là-dessus, Aourell baissa la tête pour ne pas montrer sa colère et le seigneur, suivi de son valet, continua ses galopades en riant.

Que pouvait-elle dire ? Il était le maître et il était riche. En Bretagne comme dans tous les mondes connus... ou inconnus, les riches sont rois quand les pauvres sont toujours misérables et Notre Seigneur à tous, Lui Qui ressuscita après avoir été mis en croix, n'a rien pu y changer, à ce jour.

Aourell dépeça aussitôt sa vache et porta la viande au château. Le chef cuisinier, qui s'apprêtait à servir un cochon cuit d'un bout et vivant de l'autre, lui fit savoir qu'elle serait payée le lendemain quand une juste pesée aurait été faite. Elle rentra chez elle.

Après avoir fait ses dévotions du soir, elle se chargea de la peau noire de la vache encore ornée de ses cornes et elle prit le chemin de la ville. Une peau si noire et en bon état, elle en tirerait certainement un bon prix auprès d'un des tanneurs installés du côté de la rivière. Le soir tombait quand elle partit mais la route était longue. Aourell marcha jusqu'au milieu de la nuit.

Fatiguée, elle décida de se reposer un peu.

Elle choisit un bel arbre presque haut, pour y grimper. Elle s'enroula tout entière dans la peau de vache pour ne rien craindre du froid, et elle s'endormit.

Elle fut réveillée bien avant l'aube par des voix qui criaillaient tant qu'on aurait pu croire qu'elles menaçaient les étoiles. C'étaient des voleurs, chargés de deux grands sacs d'écus ! Des pièces d'or brillantes scintillaient près de leur chandelle de suif : elles semblaient jumelles des étoiles ! Ils se querellaient avant le partage. Aourell prit peur. Les voix étaient si dures... Elle se mit à trembler, et crac... elle tomba au milieu des voleurs, toujours enroulée dans sa peau. Ils ne prirent pas le temps de se quereller plus : ce fut la panique. Chacun d'eux crut que le démon tombait du ciel pour les punir et ils s'enfuirent sans se retourner, bien au-delà sans doute de la Cornouaille[1].

Aourell, sous la lumière des étoiles, se retrouva seule avec deux grands sacs d'écus. Elle les chargea sur son dos et, pliant sous le poids, sans oublier sa peau de vache, elle revint vers sa maison.

---

1. Cornouaille : c'est un des anciens pays de Bretagne, dont la capitale est Quimper.

Le jour suivant se leva comme les autres jours. Aourell, elle, se leva plus joyeuse qu'à l'ordinaire. Elle cacha sa peau de vache bien pliée sous son lit et commença à compter sa fortune. Une heure plus tard, elle fut dérangée par le valet du seigneur qui, sans prévenir, poussa la claie d'osier qui bouchait l'entrée. Il apportait un petit écu à Aourell, en paiement de la viande de vache. Elle le refusa.

– Je n'ai plus besoin de rien de ce seigneur-là. Tiens, toi, prends ces écus-là et porte-les à ton maître, en paiement des deux Saint-Michel[1] que je lui dois.

Là-dessus, le valet s'en alla et aussitôt raconta tout à son maître.

– Aourell ne veut pas être payée pour sa viande de vache et elle vous règle avec deux beaux écus les deux Saint-Michel qu'elle vous doit. Elle dispose à ce jour de quelques milliers de pièces d'or, je les ai vues !

---

1. Payer sa Saint-Michel : c'était chaque année régler à son seigneur ce qui lui était dû pour l'exploitation d'une terre.

Le seigneur galopa tout de suite jusque chez Aourell.

– D'où te vient cet argent ?

– De la ville.

– Comment cela ?

– J'y ai vendu la peau et les cornes que vous m'avez laissées. J'en ai obtenu un très bon prix. Les tanneurs rivalisent entre eux pour acheter de la peau de vache.

Aussitôt, le seigneur qui avait certainement à sa naissance été servi le premier au marché des grandes bouches, c'est-à-dire des imbéciles, s'en alla faire abattre toutes ses vaches. Il envoya son valet à la ville. Le valet, aussi bête sans doute que son maître, demanda pas moins de deux mille écus par peau. Il passa pour un fou et, comme il insistait, il fut bastonné et retourna au château sans avoir rien vendu. Il rentra échevelé et saignant du nez !

– Cette fille m'a joué, elle va me le payer ! cria le seigneur.

Le seigneur galopa tout de suite chez Aourell. Il la trouva devant sa maison à fouetter une grosse marmite.

– Que fais-tu là ?

– Je fais chauffer et cuire ma soupe de la semaine.

– Comment cela ?

Elle lui expliqua que ce fouet, qu'elle tenait de ses parents, avait la vertu de remplacer les flammes du feu et qu'ainsi, on économisait le bois. Le seigneur constata que la soupe était bien chaude et presque cuite à point.

– Aourell, tu t'es moquée de moi avec ta peau de vache, mais si tu me cèdes ton fouet, je veux bien tout oublier.

Aussitôt, Aourell céda son fouet et le seigneur s'en alla vers son château donner l'ordre de vendre toutes les provisions de bois... et de faire abattre en plus, pour quelques cordes[1] de

---

1. Corde : une corde de bois équivaut environ à 4 stères, et 1 stère, à 1 mètre cube.

bois vert, les arbres centenaires qu'il avait réservés pour l'autre hiver.

Bien sûr, Aourell avait fait chauffer sa soupe sur un vrai bon feu avant que le seigneur n'arrivât chez elle et c'est bien de sa faute à lui et non à cause d'elle s'il fut berné pour la deuxième fois !

Le cuisinier du château, avec le fouet, ne put jamais faire cuire les massepains et les macarons du seigneur, pas plus que les crêpes épaisses ou fines.

Fou de rage, le seigneur appela son valet.

– Cette fille s'est encore moquée ! C'en est trop ! Apporte ici un grand sac et viens avec moi, nous allons la noyer dans l'étang.

– La noyer ? Mais...

– Apporte le grand sac, te dis-je !

Le seigneur et son valet galopèrent tout de suite chez Aourell. Sans lui dire un mot, ils la prirent de force et la mirent au fond du sac dont ils ficelèrent deux fois le col. Ils partirent vers l'étang qui était à deux lieues de là. Ils étaient à mi-chemin quand ils virent arriver vers eux un marchand avec son cheval et sa carriole. Avant d'être vus, ils déposèrent le sac derrière un talus et se glissèrent plus loin, derrière les arbres.

Aourell, qui entendait tout, devina ce qui se passait. Quand le marchand arriva à sa hauteur, elle hurla :

– Non ! Non ! Non ! Non ! Non ! Non ! Je ne veux pas épouser le prince. Non, il est trop riche et il boite des deux jambes !

Le marchand, surpris, s'arrêta. Aourell continuait :

– Non ! Non ! Non !...

Il la délivra et lui demanda :

– Mais de quel prince s'agit-il ? Et pourquoi ne pas l'épouser ?

Elle recommença à crier :

– Non ! Non ! Non !...

– Et où est-il, ce prince ? Moi, je le veux bien pour ma fille, dit le marchand.

– Rien de plus facile, il est là au fond de ce

grand sac. Si vous voulez lui proposer votre fille, il en sera heureux. Allez le lui dire.

Le marchand entra dans le sac, où il étouffa assez pour perdre presque connaissance. Aourell, vite, ficela le col et le marchand fut bien coincé.

Quand, un peu plus tard, revinrent le seigneur et son valet, tout était calme. Ils chargèrent le sac et vite allèrent le jeter au milieu de l'étang.

– Ouf ! Nous voilà débarrassés de cette fille...

Le lendemain, le seigneur et son valet galopèrent jusqu'à la ville où c'était jour de foire. Quelle ne fut pas leur surprise ! Ils virent bien installée Aourell qui vendait de l'orfèvrerie d'argent.

– Toi ? Comment ?

– Le sac s'est ouvert, seigneur, quand il a coulé dans l'étang. J'en suis sortie et je l'ai rempli avec cette orfèvrerie qui se trouvait là, dans l'eau. Si vous m'aviez jetée plus loin, j'aurais ramassé des objets d'or mais ils y reposent encore.

– De l'or ?

– Oui, en plein milieu de l'eau.

Sans ajouter un mot, le seigneur et son valet sortirent de la ville et galopèrent vers l'étang. Ils ne pouvaient se douter un seul instant que la marchandise que vendait Aourell était celle du pauvre marchand si crédule...

Arrivé à l'étang, le seigneur ordonna à son valet :

– Va voir jusqu'au milieu, ce n'est pas très profond.

Le valet obéit. Quand il se trouva presque au milieu, il s'aperçut trop tard que l'étang était sans doute plus profond que le gouffre du Youdig[1] à Brasparts. Il glissa. En disparais-

---

1. Gouffre du Youdig : situé sur la commune de Brasparts, si riche en légendes, le gouffre du Youdig est peut-être la bouche même de l'enfer ! C'est un puits sans fond, près duquel se sont déroulés (se déroulent encore ?) bien des pèlerinages plus païens que chrétiens !

sant sous l'eau, il avait levé sa main droite comme pour saisir une branche ou une main secourable. Le seigneur crut que cette main-là lui faisait signe. Il se précipita et... se noya, lui qui à son âge ne savait toujours *ni pater ni nostra*[1].

---

1. *Ni pater ni nostra* (n'avoir) : être très ignorant !

Soyez assurés qu'autrefois
Quiconque avait deux yeux
N'était pas aveugle, ma foi,
Et n'en voyait que mieux.
Mais qui n'avait qu'un œil sans doute,
D'être borgne risquait fort,
Et, c'est bête ! devait faire deux fois sa route
S'il en voulait voir les deux bords.

IV

LA REINE
DES KORRIGANS

LA NUIT, les étoiles sont dehors. Le jour aussi elles sont là-haut, en plein air, mais un peu loin...

Ce jour-là, Gwazig se leva comme d'habitude, c'est-à-dire avec encore beaucoup de fatigue : les pauvres n'ont pas le pouvoir de se lever autrement ! Les étoiles étaient quelque part au fin fond du ciel et le jour était débutant sous la pointe du soleil. Il avala un peu de bouillie de blé noir et partit faire son travail de paludier. Il était en effet faiseur de sel, tout comme son père l'avait été, avant lui, sur l'île de Batz. Pendant que Gwazig soutirait le sel de la mer, sa femme Nolwenn, sur le port, vidait et même étêtait le poisson pour les belles dames de Roscoff, de Morlaix ou d'ailleurs.

Ce jour-là, pour lui et pour elle, la journée de travail fut un peu écourtée à cause de la tempête qui arriva sans crier gare, telle une écervelée pleine de détresse.

Ils fermèrent bien leur porte et leurs volets pour se protéger de la pluie et du vent et avalèrent chacun une écuellée de lait riboté[1] avant de faire leurs dévotions du soir.

À peine avaient-ils achevé de manger et de prier qu'ils entendirent frapper à leur porte. Avec un peu de crainte, ils ouvrirent. C'était

---

1. Lait riboté : le lait riboté – lait ribot – est un lait baratté. En fait, c'est le petit-lait restant dans la baratte après que le lait est devenu du beurre. Autrefois, en Bretagne, ce lait accompagnait les pommes de terre et les châtaignes.

une vieille qu'ils connaissaient de vue... une brûleuse de goémon dont personne sur l'île ne connaissait le nom. Elle leur demanda l'hospitalité pour la nuit. Gwazig la fit entrer. Il tremblait un peu, se demandant si cette vieille qu'il avait chez lui ne cachait pas le démon sous ses jupes ou dans sa coiffe.

Nolwenn et Gwazig, qui avaient plus de bonté que de richesses, lui offrirent une soupe bien chaude pour réchauffer son estomac et son cœur. Ensuite, ils lui installèrent près de la cheminée une couche pour la nuit.

Le lendemain, la tempête était partie faire sa folle quelque part ailleurs, et le bleu du ciel était tout propre au-dessus de l'île et de la mer. La vieille, au moment de prendre congé, s'adressa ainsi à Gwazig et Nolwenn :

– Merci pour la soupe et la bonne nuit au chaud. Vous aviez un peu peur mais vous m'avez ouvert grande votre porte, sans savoir que la pauvre femme que j'étais n'est autre que la reine des korrigans[1].

À peine eut-elle prononcé ces derniers mots que ses hardes et sa coiffe disparurent pour laisser place à des velours bleus brodés d'or et à une chevelure plus rougeoyante qu'un feu d'if ou de pommier. Ne sachant ni que dire ni que faire devant ce spectacle, Gwazig et Nolwenn se mirent à genoux comme ils l'auraient fait pour la Vierge Marie ou pour sainte Anne, sa maman. La vieille, devenue jeune et belle, reprit :

– Écoutez bien. Moi, la reine des korrigans, je vais vous livrer un secret qui peut-être vous rendra riches. Là-bas, presque au cœur de l'île, il y a une pierre dressée, haute comme deux fois un homme. C'est la maison des korrigans.

---

1. Korrigans : les korrigans sont des petits êtres légendaires. Leur nom vient du breton *korr* ou *korrig,* c'est-à-dire « nain ». Ils habitent grottes et dolmens où ils cachent leur or. Ils peuvent être bons ou mauvais. Leur famille est grande ; elle s'étend à bien des nains qui, ici ou là, portent d'autres noms. Dans le pays vannetais, par exemple, ce sont les *ozegans* que l'on rencontre.

C'est là qu'ils dorment et qu'ils cachent leur or. Toi, Gwazig, tu entreras ce soir, si tu le veux, dans cette maison-là. Tu y prendras tout l'or que tu voudras. Seulement, au matin tu devras être rentré chez toi, sinon, dès les premières lueurs de l'aube, tu perdrais tout.

— Y a-t-il une porte et une clé pour entrer là-bas ? demanda Gwazig.

— Non, il te suffira de dire :

l'or dort

près

de

l'eau

do

l'or dort

sommeil d'or

sommeil d'eau

do

Lorsque tu diras cela à la pierre, elle s'ouvrira.

Là-dessus, la reine disparut après avoir enjambé quelques touffes de bruyère.

Gwazig et Nolwenn se prirent les mains et se regardèrent. Ils savaient bien que la mer autour de l'île était habitée par des sirènes et des morganes[1] dont les jambes ne se terminent pas toujours en queue de poisson ; ils savaient bien qu'il y avait aussi quelquefois, du côté de Porzan-Iliz, des hommes écailleux dans les vagues ; ils connaissaient les *tréo-fall*[2] et les *danserienn-noz*[2] qui ne sont rien d'autre que des êtres magiques, danseurs de nuit ; ils avaient de leurs yeux vu des *begou-noz*[2] et des *kernandoned*[2], là-bas à Roscoff. Mais des korrigans, là, à quelques pas, ils n'en revenaient pas...

Gwazig, un peu pressé, se rendit l'aprèsmidi même près de la pierre dressée. Il savait

---

1. Morgane : nom souvent donné à la déesse des eaux.

2. Petits êtres appartenant tous à la famille des korrigans. Les *tréo-fall* vivent au bord de la mer. Les *danserienn-noz* sont des danseurs de la nuit qui mènent leur ronde au clair de lune ; ils promettent des trésors à ceux et celles qui acceptent de danser avec eux. Les *begou-noz* sont originaires de Kélarou où, le plus souvent, ils sont voltigeurs. On pouvait (on peut encore ?) rencontrer les *kernandoned* sur les grèves de Roscoff et aussi sur les rochers appelés rochers de demi-marée, dans la baie entre Roscoff et Pérhardy.

bien qu'il lui fallait attendre la nuit pour y entrer, mais il désirait la voir, la toucher même. Quand il y arriva, tout était calme et il s'approcha, voulant déjà serrer la pierre dans ses bras comme une bien-aimée. Mais, aïe ! aïe ! aïe ! Le dragon mangeur d'hommes et d'animaux domestiques surgit entre lui et le granit pointé tel un doigt vers le mille du ciel.

Gwazig, terrifié, recula de dix pas, avant d'être complètement paralysé par la peur. Le dragon cracha son feu de tous les côtés par les deux gueules de ses deux têtes et par toutes ses narines. Gwazig fut tout entourbillonné par les flammes. Il sentit sa mort venir quand le dragon avança vers lui, doucement, en faisant un pas et en allongeant le cou.

À ce moment-là, le miracle se produisit : la lune, qui n'avait rien à faire dans le ciel en plein jour, était là et, sans gêne aucune, elle passa devant le soleil. Aussitôt la lumière du ciel s'éteignit. Il fit nuit en plein milieu de la journée. Nuit noire.

Le dragon fut encore plus surpris que Gwazig car il craignait tout de la nuit, tant il savait que les âmes de ceux qu'il avait injustement brûlés pouvaient dans le noir venir le pourchasser. Il s'enfuit, martelant si rudement l'île de ses huit pieds qu'on aurait pu croire qu'il voulait l'enfoncer dans la mer. Il arriva très vite tout au nord et, au cœur de la nuit, il tomba dans les flots. La mer bouillit autour de lui, et ce fut sa fin. Dès qu'il fut englouti, la lune du ciel continua sa promenade et le soleil, comme un bienheureux qui n'attendait que cela, continua à éclairer le pauvre monde.

Gwazig attendit sans bouger que la nuit s'installe, la vraie nuit qui fait bouger l'ombre invitante des rocs.

Il respira un grand coup et s'approcha de la pierre dressée. Il lui dit les mots qu'il fallait :

l'or dort

près

de

l'eau

do
l'or dort
sommeil d'or
sommeil d'eau
do

Sans aucun grincement la porte s'ouvrit. Il y entra et se trouva dans une chambre où dormaient des deux yeux une bonne centaine de korrigans, pas plus grands que des nouveau-nés qui n'auraient dégusté qu'une seule fois le lait de leur mère. Il s'avança et découvrit une autre pièce éclairée. Il y avait là de l'or en pièces, en pépites et en galets et sous d'autres formes encore. Il posa tranquillement ses sacs par terre. Il se mit à genoux. Avec le calme de quelqu'un qui accomplit une juste besogne, il commença à remplir son premier sac, puis le deuxième, puis le troisième, puis...

Quand il arriva au dix-septième sac bien rempli, il songea au temps qui passe sans jamais demander à quiconque s'il doit passer plus vite ou plus doucement. Il mit alors le nez dehors pour voir si la nuit était toujours là. Hélas, la gueule du ciel était déjà blanche. Vite, il voulut prendre au moins quelques-uns des sacs qu'il avait remplis et s'en retourner chez lui. Quand il revint dans la pièce éclairée, il n'y avait plus ni sac ni or : tout avait disparu. À la place des trésors brillants, il vit allongée sur un lit... la reine des korrigans qui dormait. Elle était plus belle que belle. À cet instant, elle aurait certainement pu être la reine des reines du monde.

Gwazig rentra chez lui tandis que Nolwenn bien réveillée l'attendait devant la porte de leur maison. Il raconta ses aventures et tous deux se mirent à pleurer, laissant leurs larmes tomber dans l'assiette d'eau bénite qui était sur le seuil depuis la veille.

C'est vers midi, alors qu'ils étaient tous deux encore inconsolables, que la reine des korrigans vint les voir :

– Tenez, j'ai un cadeau pour vous.

Elle leur tendit un grand plat d'argent.

– Prenez et gardez-le bien. Chaque jour, ce plat se remplira trois fois sans que vous ayez un mot à prononcer ou un signe de croix à tracer sur le ciel, la terre ou la mer...

Ce furent ses seules paroles. Une fois encore elle disparut après avoir enjambé les touffes de bruyère.

Nolwenn posa le plat sur la table. Elle se retourna vers Gwazig pour lui demander d'être moins triste à présent. Dès qu'elle eut le dos tourné, le plat se remplit lui-même d'une belle cotriade[1] et de deux bols de cidre mousseux !

Le soir, il se remplit de bonnes viandes et de bon pain tartiné avec du beurre salé bien baratté.

---

1. Cotriade : soupe de poisson composée de maquereaux, lieus, sardines, congres et daurades. Cette soupe mijote dans un bouillon avec du thym, du laurier, des oignons, des pommes de terre et du pain. La cotriade est aux Bretons ce que la bouillabaisse est aux Marseillais.

Ce fut ainsi chaque jour, trois fois par jour.

Gwazig et Nolwenn n'avaient pas hérité d'une fortune en or mais ils eurent assez à manger toute leur vie, eux qui avaient déjà les dents un peu pointues à cause des hivers de famine de leur vie.

Morceau de viande et de pain
Toujours charité fait du bien
Du bien au ventre et à l'oreille
Si le conte offre des merveilles.

V

LE PARADIS
DES TAILLEURS

DIFFICILE de savoir dans quel évêché les tailleurs sont les plus nombreux ou les plus habiles. Est-ce dans celui de Saint-Pol-de-Léon ? de Saint-Tudual-de-Tréguier ? de Saint-Brieuc ? de Saint-Malo ? de Saint-Samson-de-Dol ? de Saint-Patern-de-Vannes ? de Saint-Corentin-de-Quimper ? Aucun des sept grands saints de Bretagne ne saurait sans doute le dire. Ce qui est sûr, c'est que les tailleurs sont bien chanceux, eux, de faire leur journée de ferme en ferme, de maison en maison, toujours près du foyer en hiver et jamais loin des femmes en toutes saisons. Mais, comme on dit : le tailleur n'est pas un homme, ce n'est qu'un tailleur en somme.

C'était juin et le lin se faisait dans les champs autour de Roscoff. Iannik le tailleur était depuis tôt le matin dans une de ces belles maisons qui tournent le dos à la mer. Il coupait et piquait son étoffe sans se soucier de l'orgueil des cloches de Notre-Dame-de-Kroas-Baz qui sonnaient les heures. Midi était à peine passé que son hôtesse lui proposa à manger. Il était au pays du pain blanc et il savait bien que dans cette grande maison de pierre, il ne manquerait ni de lard, ni de cidre, ni même sans doute d'une crêpe bien pliée sur un morceau de beurre salé. Il eut en effet tout cela et en plus, après le cidre, lui fut offert un verre de bon vin de Portugal, arrivé sans doute là en contrebande.

Quand son hôtesse partit à l'angle cirer ses meubles pour qu'ils restent aussi luisants que des écailles de poisson frais, elle oublia près de lui la bouteille de bon vin et le verre. Iannik se resservit et continua sa couture. Un peu plus tard, avant de marier son fil avec son aiguille, il se resservit encore mais jura : « Que le Diable m'emporte si je bois un autre verre ! » Quand il eut fini de surjeter la robe qu'il confectionnait, avant d'entreprendre l'ourlet, il se servit un nouveau verre, mais s'écria : « Cette fois, c'est bien fini et que le Diable m'emporte si j'avale une goutte de plus ! » Seulement voilà, c'était juin, il faisait chaud et, qui sait, peut-être que le lard qu'il avait mangé était trop salé. Il ne put résister et, de nouveau, but un grand verre.

À peine la dernière goutte de vin lui eut-elle mouillé le gosier qu'il entendit à côté de lui un léger bruit. Quelle ne fut pas sa surprise : il vit, là, le grand Biquion... le Diable ! C'était bien lui, Satan. Il venait d'ouvrir un grand sac dans lequel il lui demandait d'entrer.

Iannik qui n'était pas sot, pour se défendre, dit à haute voix : « Si tu es Guillou, par saint Hervé va-t'en, va-t'en au nom de Dieu si tu es Satan. »

Mais le Diable le saisit par le cou et lui répliqua :

– Tailleur, tu es à moi. Tu as juré deux fois : « Que le Diable m'emporte si j'avale une goutte de plus. »

Iannik essaya de se défendre avec ses ciseaux et son aiguille, mais ce fut en vain. Le Diable le fourra bel et bien dans son sac, et il l'emporta.

Un peu plus tard, alors qu'il prenait beaucoup de risques en s'en allant du côté des églises de Saint-Pol, le Diable se souvint qu'il avait affaire à régler avec une poule noire qui lui devait quelques poussins. Il posa donc son sac sur le bord d'un champ, entre deux rangées d'artichauts, en attendant de le reprendre plus tard. Un garçon de ferme, qui passait par là avec quelques bêtes, aperçut le sac. Pour jouer, il donna un coup de pied dedans et... il entendit le sac crier !

– Aïe ! aïe ! Pitié, ne me faites pas de mal !

– Qui es-tu, vieux sac, pour avoir une voix de chrétien ? demanda-t-il.

– Ce n'est pas le sac qui parle, c'est moi, Iannik le tailleur. Vite, délivre-moi s'il te plaît, c'est le Diable qui m'a enfermé là.

– Te délivrer ? Hum, je veux bien, moi, mais en échange de quoi ?

– Écoute, reprit Iannik, je te coudrai pour rien du tout tous tes vêtements, aussi bien ceux que tu mets pour aller aux champs que ceux qu'il te faudra pour le jour de tes noces.

– Tu le jures ?

– Je le jure !

Le garçon de ferme délia le sac et Iannik sans plus attendre en sortit et respira à l'air libre. Le voyant ainsi se remplir de grandes goulées d'air salé de la côte, le garçon se mit à rire et proposa :

– Ton Diable... veux-tu lui jouer un bon tour ?

– Pour ça oui, mais comment ?

– Regarde, le bouc qui est là, entravé par une amure[1] qui a voyagé sur mer plus de cent fois chez les Anglais...

– Oui ?

– Il est plus méchant que dix loups-garous enragés, et c'est pour moi une bonne occasion de m'en séparer. Qu'il prenne ta place et s'en aille en enfer.

– Faisons-le, ne perdons pas de temps.

Ils tirèrent la bête par son bouc et par ses cornes et l'enfournèrent dans le sac qui tout de suite fut bien refermé.

Le soir arriva. Le Diable, tout heureux d'avoir dégusté des poussins, retrouva son sac entre les artichauts. Il le chargea sur ses épaules et partit d'un bon pied vers son enfer. Une fois arrivé, il le confia à ses petits diablotins et partit s'allonger près de sa femme. Le bouc fut délivré, mais aussitôt l'enfer lui brûla

---

1. Amure : corde de la voile d'un bateau.

les pieds. Il se cabra et de ruades en ruades se déplaça, en éparpillant partout les belles braises rouges bien brûlantes. Ce faisant, il blessa même deux diablotins qui tranquillement apprenaient à compter les trois doigts de leurs mains.

Tous les Diables de l'enfer, alertés, arrivèrent et se mirent à crier :

– Père de tous les Diables, que nous as-tu livré là ?

– Un tailleur... Aïe ! un tailleur qui s'est transformé en bouc !

– Jette-le vite dehors avant qu'il ne fracasse notre feu et... ne prends plus jamais de tailleur pour notre royaume !

Ce fut ainsi.

Le bouc fut mis à la porte de l'enfer et, depuis, cette porte-là est fermée à tous les tailleurs. Alors... bien obligé... les tailleurs vont tous au paradis.

Petra 'zo nevez e Ker-Is
Ma' z eo ker foll ar yaouankiz
Ha ma klevan son ar binioù
Ar vombard hag an telennoù ?

Qu'y a-t-il de neuf à Ker-Is
Que la jeunesse y est si folle
Et que j'entends la musique de la cornemuse,
Du hautbois et des harpes ?

VI
LA VILLE D'IS

POUR lire les signes sur l'horizon, il faut d'abord regarder l'horizon. Il faut aussi savoir lire...

Il y a bien longtemps, en Bretagne, les hommes construisirent une ville au bord du bord de la mer ; une ville ouverte, où les marins de Cornouaille accueillaient les bateaux phéniciens et crétois, les équipages d'Égypte et de Mycènes.

Dans cette ancienne époque, s'ils avaient su lire les signes de l'horizon, les bâtisseurs de

Ker-Is, d'Is, la légendaire, puisque c'est d'elle qu'il s'agit, ne l'auraient certainement pas fait grandir là, les pieds dans la dentelle des vagues !

Dans cette ancienne époque, s'ils avaient su lire, ils auraient appris que les pays de la terre sont un visage avec un nez et que ce nez est la Bretagne. Que ce nez-là, de temps en temps, s'enfonce dans la mer pour aller respirer les parfums de l'autre monde qui est de l'autre côté du monde.

Ainsi, la Bretagne s'enfonça un peu, se baissant d'un rien, comme un genêt que courbe l'aile du vent.

Is, elle qui était construite depuis plus de vingt siècles déjà entre la presqu'île de Crozon et le cap Sizun, du coup, se retrouva au-dessous du niveau de la mer.

Pour la protéger de toutes les vagues salées et de la force de la marée haute, les habitants édifièrent une haute digue. Le bassin du port de la ville communiquait avec le large de l'océan par une écluse dont on ouvrait les portes à marée très basse seulement, pour faire entrer ou sortir les navires.

En ce temps-là, c'était Gradlon le Grand qui était roi de ce morceau de la Bretagne cornouaillaise. Ce morceau-là, comme le reste de l'Armorique, n'était pas encore complètement asservi par la religion chrétienne. Gradlon lui-même restait fidèle au druidisme[1], et dans sa ville d'Is, métissée par les marins de tous les orients, bien des religions s'accommodaient du culte de ce roi-là pour la Grande Déesse.

Un jour, Gradlon, qui ne connaissait jamais la peur, partit sur mer pour une aventure guerrière. Et, après qu'une année se fut écoulée, il

---

1. Druidisme : religion servie par des prêtres dont on dit qu'ils avaient des connaissances sur les sciences de la nature, la morale, la philosophie. Ils étaient aussi enseignants et sacrificateurs. Ils présidaient toutes les cérémonies importantes et croyaient en l'immortalité de l'âme. On a quelquefois dit qu'ils furent constructeurs de mégalithes. Il y eut aussi des *druidesses.* On sait peu de chose d'elles. Certaines vécurent à l'île de Sein, d'autres au Mont-Saint-Michel, sans doute.

revint dans sa ville d'Is, chevauchant un beau cheval noir nommé Morvac'h. C'est à cheval qu'il sauta du pont de son bateau dans l'eau du port pour regagner plus vite le cœur de sa ville.

Ce n'est pas tout. Gradlon, fier cavalier, tenait dans ses bras un bébé fille qu'il présenta comme son enfant.

– Voici ma fille, Ahès. Je l'aime tant que, dans mon cœur, je sens que mon seul cœur, c'est trop peu pour l'aimer.

C'est ainsi que parla Gradlon, le roi. On sait bien que les Bretons, quelle que soit leur condition, peuvent échapper grâce à leur grand courage à bien des périls sur mer ou sur terre, mais ils ne peuvent échapper à leur bouche !

Ainsi donc parla Gradlon pour dire son amour à sa petite princesse.

C'est vrai qu'elle était belle. Et plus elle grandissait, plus il semblait qu'elle gagnait en beauté ! À chaque nouvel âge de son enfance, en fait, c'était la même étonnante beauté qui la parait, mais les années de jeunesse, les unes et les autres, offraient toujours plus de force aux douceurs et aux couleurs de son corps.

Arriva le moment où, grande jeune fille, elle fut aussi délicate, fine, tendre, odorante et bien faite qu'une fleur blanche de passerose. Elle qui était assez belle pour semer dans la tête des marins l'oubli des marées, aimait la vie et l'amour. Elle était vraiment née pour vivre vite toute la vie et pour connaître toutes les amours.

Gradlon l'aimait. Elle était sa seule fille. Elle était pour lui plus que son royaume peut-être...

Les marins pour elle, pour seulement la voir, désertaient les églises. Plus d'une dut fermer ses portes.

Ahès avait grandi. Gradlon avait un peu vieilli, assez pour se laisser convaincre par Gwénolé, curé de Landévennec et ancien élève de saint Corentin, de se convertir pour le reste de ses jours à la foi chrétienne.

Ahès, elle, ne suivit pas son père dans le froid des sermons de l'église. Elle resta fidèle à son enfance et ne perdit ni l'amitié des fées ni celle des sirènes. Elle resta vive et gaie. Elle continua à danser tout autant dans les forêts sacrées que dans les auberges... oui, la danse et le bonheur étaient en elle ! Elle ne craignait pas de perdre son âme au son de la cornemuse, du hautbois et des harpes ! À chaque bel homme, qu'il fût marin, savant, maître sculpteur ou autre chose, elle donnait des rendez-vous d'amour dans sa tour.

Bientôt, on raconta que le soir, quand un de ses amoureux venait la rejoindre, elle lui donnait un masque magique pour son visage.

On ajouta qu'ensuite elle lui ouvrait ses bras pour qu'il aime plus encore la gentillesse d'aubépine de son corps. Mais à l'instant, l'amoureux était étranglé par le masque jusqu'à la mort.

Comment démêler le vrai de ce qui ne l'est pas, quand tant de jalousie peut naître dès que la plus belle invente sa vie avec l'audace d'une ronce qui grandirait sans épines ?

Il y avait ceux qui murmuraient qu'elle était sans honte et sans raison et ceux qui savaient bien qu'elle n'avait aucune honte et qu'elle avait raison.

Gwénolé, pour son église et pour ses paroissiens, tenta mille fois de mettre en garde le roi contre les débauches de sa fille.

Mais le roi continuait d'aimer Ahès et ne voulait rien entendre contre elle. Même quand à genoux il suivait les rites de sa nouvelle foi, il priait pour elle, pour son bonheur. Et, peut-on le dire ?... il lui arrivait quelquefois en embrassant la croix de penser plus à elle qu'au Seigneur qui y fut supplicié.

Ahès continuait à aimer et à être aimée. Elle continuait à danser et à rire. C'était comme si elle était habitée par une folie qui n'était pas folle : peut-être en fait est-ce cela, la beauté ?

Vint le jour où, une fois de plus, elle alla se

promener près de la mer grise et, une fois de plus, la mer devint bleue...

... Le soir de ce jour-là arriva à Is un fier chevalier tout de noir vêtu, sauf qu'il portait par le dessus un beau gilet de laine pourprée. Ahès l'invita à la fête qu'elle donnait.

Il s'y rendit, accompagné d'un sonneur qui musiqua tout d'abord une gentille gavotte, mais ensuite un passe-pied infernal ! Ahès et tous ses amis, entraînés par la musique, se mirent à danser comme des grains de sel que la mer aurait voulu faire fondre. L'inconnu en profita pour subtiliser les deux clés d'or qui pendaient au cou d'Ahès comme deux étoiles sur un lac de lait tiède et blanc.

C'étaient les clés des écluses. Les clés que Gradlon avait confiées à sa fille, future reine de son royaume.

Aussitôt qu'il s'en fut emparé, l'étranger reprit sa forme de démon... parce que c'était lui : le démon. Il courut ouvrir les écluses de la digue.

C'était grande marée. Les flots étaient hauts et forts. Dès que les portes furent seulement entrouvertes, l'océan entra en ville avec fracas.

Heureusement, saint Gwénolé, attentif à tous les bruits, réveilla le roi qui, sans tenir conseil, prit son trésor et enfourcha Morvac'h, son fier cheval noir. Il galopa à la suite du saint. Le vieil océan mugissait déjà dans les rues et sur les places.

Quand Gradlon arriva près de la tour où logeait Ahès sa fille chérie, il mit son cheval au pas afin qu'elle pût sauter en croupe derrière lui. Ce qu'elle fit.

Les flots attaquaient, montaient de tous côtés et Morvac'h était déjà mouillé jusqu'au poitrail. Le brave cheval, trop chargé, ne parvenait plus à avancer tant l'océan se déchaînait.

Saint Gwénolé, qui chevauchait près du roi, lui lança :

– Débarrassez-vous du démon que vous avez en croupe et, par le secours de Dieu lui-même, vous serez sauvé !

Le roi ne voulut pas se séparer de sa fille tant aimée. Il dit même préférer mourir à tout jamais avec elle !

Alors, saint Gwénolé effleura de sa crosse d'évêque le cœur de la princesse Ahès. Elle glissa aussitôt et tomba dans les flots. Dès qu'elle eut disparu, l'océan arrêta sa course. Saint Gwénolé et Gradlon avaient regagné sains et saufs une terre ferme.

Is la ville, Is la légendaire, avec Ahès sa princesse, venait d'être engloutie.

Longtemps Gradlon fut inconsolable mais il reprit sa vie de roi. Il fit construire sa nouvelle capitale, juste à l'endroit où les rivières Odet et Steir coulent l'une dans l'autre : Quimper, dont saint Corentin fut le premier évêque.

Ahès, elle, Ahès la belle, dès qu'elle fut sous la mer salée, devint une mary-morgane[1]... une fée de l'eau : une sirène.

---

1. Mary-morgane : c'est une femme aquatique que la tradition confond souvent avec les sirènes. Les mary-morganes, elles, n'ont pas le corps terminé en queue de poisson. La légende raconte que les dernières furent aperçues en baie de Douarnenez vers 1880.

Quand l'océan est calme, elle laisse des heures durant les vagues lisser ses longs cheveux dorés. Quand il y a tempête, avec sa longue tresse, elle fouette les flots pour les faire danser derrière l'horizon. Quand les nuits sont claires et douces, elle chante quelquefois dans les rochers, aussi bien du côté de Tresmalaouen que de Sainte-Anne-la-Palud, ou même vers les sept îles.

Il y aura un jour – nul ne peut prédire lequel – la résurrection de la ville. Le premier homme à barbe blanche qui verra la flèche de l'église sortir des eaux deviendra le nouveau roi d'Is. Le premier garçon qui assistera à ce prodige deviendra pour toujours l'amant de la belle Ahès pour toutes ses vies dans ce monde ou dans un autre.

Écoutez tous, si vous voulez
Et vous entendrez un joli petit conte,
Dans lequel il n'y a pas de mensonge,
Si ce n'est, peut-être, un mot ou deux.

VII

COMMENT UN BRETON ARMORICAIN DEVINT ROI D'ARABIE

C'ÉTAIT un gars de Coadout, c'est presque tout ce que l'on pouvait dire de lui. Comme les autres, il avait gigoté dans le ventre de sa mère, aussi bien que la fleur jaune du genêt dans le vent ou qu'une églantine au milieu d'un buisson de lande. Le jour où il décida de venir respirer dans le monde, sa mère, qui n'avait jamais eu de vrai mari, filait le lin chez Matig, sa plus proche voisine. Peut-être qu'il se pressa trop pour sortir tête la première du ventre de sa mère ? Toujours est-il que, lorsqu'il se retrouva près de la quenouillée de lin, sa mère succomba avec les dernières douleurs de l'enfantement.

Le jour de sa naissance, il se retrouva donc seul au monde, n'ayant ni père ni mère pour lui apprendre comment secouer sa pauvreté dans l'inclémence des saisons. Ce fut Matig, elle qui avait déjà sa peau blanche tachetée par les rousseurs de la vieillesse, qui le recueillit pour le faire grandir.

Ce jour-là, jour de sa naissance, le démon qui guette toujours une occasion ne devait pas être bien loin... car si l'on pensa à bien laver l'enfant avec la bonne eau de la fontaine de Saint-Iltud, nul ne songea à son baptême !

Au fil des années, il devint plus vif qu'un noisetier, mais jamais il ne fut baptisé et ni l'évêque de Dol ni aucun de ses curés venus chanter la messe dans l'église ne se soucia de cela. Voilà.

Il n'avait pas de nom. Lui qui n'avait jamais eu de père, lui qui n'avait plus de mère, lui qui n'avait pas été mouillé par le baptême, vivait sans nom, mais c'était bien un gars de Coadout, chacun pouvait le dire.

Quand il n'était pas occupé à regarder les coqs du village, ou à aider à préparer la terre pour l'avoine de l'un, il prêtait la main à l'autre pour tuer le cochon. Souvent, il allait pêcher dans les eaux du Trieux... avec un simple fil de lin et une épingle recourbée, aimablement volée à un ouvrage de Matig ou à son chignon.

C'était mai, et l'incroyable se produisit. Il pêchait, pensant pour la première fois de sa vie qu'un garçon sans nom n'est sans doute qu'un rien du tout, quand il sentit quelque chose ou quelqu'un qui titillait l'épingle du bout de sa ligne. Il attendit que volât d'un côté à l'autre de la rivière une fauvette à tête noire et, d'un léger coup sec, il releva son bâton de pêche. Il sortit de l'eau un beau goujon, grand comme deux fois le plus grand doigt de sa main. Il s'apprêtait à ouvrir le ventre de son poisson pour le vider et ensuite l'emmener tout frais à Matig lorsque doucement le goujon s'adressa à lui.

– Non, ne me tue pas ! Épargne-moi et remets-moi dans l'eau que je puisse continuer ma vie au moins jusqu'à l'estuaire.

– Quoi ! Toi, un poisson, tu parles comme un chrétien ?

– Oui... je parle... Et si tu me fais grâce, tu n'auras pas à t'en repentir.

– Comment cela ?

– Si tu me fais grâce, je te donnerai deux de mes écailles. Tu les garderas autant que tu veux ou tu les perdras l'une et l'autre en leur demandant ce que tu veux. Grâce à elles, deux de tes souhaits seront exaucés, et cela quand tu le voudras.

Tout de suite, ce fut marché conclu et le goujon retrouva le fil de l'eau. Le garçon, lui, se retrouva seul... avec ses deux écailles, avant même qu'il fût complètement remis de son étonnement. Mais, lorsqu'il vit la fauvette à tête noire repasser au-dessus de la rivière, l'idée lui vint de formuler un souhait à sa première écaille.

– Écaille qui brilles comme du vif-argent, peux-tu me dire où je puis trouver un nom, un vrai nom, moi qui n'en ai point ?

Il n'eut pas besoin de répéter sa question. Il entendit une voix venue de nulle part qui lui dit à l'oreille :

– Mon gars, si tu marches moins d'une année en direction du sud du sud, tu trouveras un nom : ton nom.

Le soir même, il avait dit au revoir à Matig et, équipé de son seul *pennbazh*[1], il quittait Coadout en direction du sud du sud. Il partit sans chercher, comme on dit, cinq pieds à un mouton. Il traversa le royaume de France et aussi des montagnes. Il marcha encore.

---

1. *Pennbazh* : mot breton toujours très employé, qui signifie gros bâton.

Quand il cessa de marcher, ce fut pour traverser une mer bleue sur un bateau où il fit le marin.

Quand il débarqua sur une terre inconnue, il était parti de Coadout depuis une demi-année, pas plus. Il continua sa route, le nez de sa figure toujours pointé au sud du sud. Plus il marchait, plus il évitait le jour pour ne mettre un pied devant l'autre que la nuit, cela parce que le jour était trop riche en soleil et que la chaleur l'assommait sans aucune pitié.

Bientôt, il arriva au milieu d'un désert. Ses pieds et son *pennbazh* s'enfonçaient dans le sable aussi bien qu'un doigt gourmand dans un bol de lait ribot. Dans ce désert-là, il était seul : pas une fontaine pour se rafraîchir, pas une noisette ou une châtaigne pour se caler l'estomac. Du sable, rien que du sable partout et de tous les côtés à la fois ! Quand il sentit sa langue plus archi-sèche qu'un morceau de cuir de vache qui aurait été tanné dans le bas faubourg du Trotrieux à Guingamp, il décida qu'il était temps de demander un peu d'aide à sa seconde écaille. Il l'avait précieusement gardée pendant tous ces jours de voyage, au fond de sa poche, bien enveloppée dans un morceau de ruban. Il la prit, la posa sur le bout de son doigt et lui parla ainsi :

– Écaille... aide-moi. Ce désert a volé mes forces : j'ai soif et je ne peux plus avancer !

Aussitôt, il entendit un grondement de plus en plus gros et fort, un grondement qui venait du cœur de la terre. Avant même qu'il ait eu peur, une rivière sortit du sable et se mit à couler dans le désert. Il s'en approcha et sans réfléchir plus, lui qui avait si chaud et si soif, il plongea dans cette eau qui coulait là, belle et fraîche. Il eut à peine le temps de boire et de se sentir bien. Le courant, de plus en plus fort, le roula au plus loin du loin et cela durant si longtemps qu'il perdit à moitié connaissance.

Quand il retrouva ses esprits, il flottait simplement dans l'onde douce et pure d'une agréable rivière. Il sortit de l'eau avec l'intention de se reposer là-bas, sous un bouquet d'arbres dont les hautes branches lisses embaumaient. Quelle ne fut pas sa surprise : sous le premier des arbres était assise une belle jeune fille, encore plus brune que les filles de Coadout ! Elle avait sur les genoux un livre doré sur tranche, ouvert à la mille et unième page. Ses yeux noirs étaient deux lumières qui ne craignaient rien du soleil. Sa peau était sœur de la farine de blé noir, pour la couleur et la douceur. Il s'approcha un peu. Il était intimidé et très ébloui par les soies rouge et or de ses robes. Elle était plus belle que belle. Ses bijoux – colliers de cou et de chevilles... boucles d'oreilles, de ceinture, de chaussures... perles de cheveux, de front, de poitrine... – étincelaient assez pour montrer tout de suite que c'était une princesse.

– Bonjour ! Seriez-vous le garçon qui arrive du pays d'Argoat, en Bretagne ?

– C'est moi-même et...

Elle ne le laissa pas finir. Elle s'était levée

et, avec ses propres paroles, lui avait coupé la parole.

– Voulez-vous m'épouser ? Vous marier avec moi en véritables noces ?

Sans penser à bien ou à mal, sans même oser mesurer le bonheur qu'on lui offrait, il répondit simplement :

– Oui.

Aussitôt, la princesse frappa dans ses mains. Alors, cent cavaliers apparurent au galop, tout de suite suivis de cent chameaux chargés comme des chameaux ! Avec eux, il y avait une caravane de princes et de princesses, venus de tous les horizons du monde.

Ils furent mariés l'un avec l'autre, l'un pour l'autre, pour toute leur vie dans ce monde et dans l'autre.

Le mariage fut suivi d'un fabuleux festin. On dégusta des dattes, du mouton, du miel, de la semoule parfumée, des raisins secs et des raisins frais. Sept nuits durant, ce furent aussi chants, musiques et danses.

La huitième nuit, quand les deux époux furent enfin seuls, la princesse prit son mari dans ses bras et lui apprit qu'il était devenu roi d'Arabie, en l'épousant elle, l'unique princesse de tous les sables. Elle ajouta :

– Tu es mon mari, tu es mon roi et je t'appelle Mon Amour.

Du soir au matin, elle lui répéta :

– Je t'appelle Mon Amour.

Ce fut ainsi que le gars de Coadout devint roi d'Arabie, avec son *pennbazh* de houx pour sceptre.

Ce fut ainsi que lui qui n'avait jamais eu de nom fut appelé chaque jour et chaque nuit de sa vie Mon Amour.

Écoutez
Avec vos deux yeux
Écoutez
Avec vos deux oreilles
Entendez
Conter des merveilles.

VIII

L'ENFANT SUPPOSÉ

L'OMBRE des arbres pouvait être crispée dans l'herbe, à midi, ou allongée à n'en plus finir quand c'était presque le soir, peu importait. Marie était toujours au travail quelque part sur ses douze journaux[1] de bonne terre. Elle était seule pour faire mûrir l'avoine, le seigle ou le blé noir. Seule pour engraisser un peu de volaille ou ses trois cochons. Elle ne ménageait pas sa peine et, même si elle avait une

---

1. Journaux : ancienne mesure. Douze journaux de terre représentent une surface de six hectares.

petite servante pour l'aider plus quelques journaliers en pleine saison, c'était toujours elle qui faisait tout et les autres seulement le reste...

Dans son voisinage, on disait d'elle qu'elle « prenait la terre par la main, comme une amie avec laquelle on part en promenade ». C'était ma foi vrai et la terre, sans doute en confiance, lui offrait pour les récoltes à venir le meilleur de son cœur. Marie n'était plus mariée qu'avec elle-même et ses journaux de terre depuis qu'elle était veuve.

Heureusement pour sa vie, elle avait son petit Loïk qui était un bébé d'un peu moins d'une année. Un bébé dont les joues avaient le rose délicat qui couronne les pétales des pâquerettes. Un corps blanc, riche de la beauté blanche et parfumée du lait de sa jeune maman. Aucun doute, c'était un bel enfant.

Marie savait qu'un jour viendrait où son Loïk aurait assez de forces pour tailler les pierres ou labourer la terre. Elle savait aussi que, grandissant, il garderait cette timide beauté qui fut celle de sainte Anne et de sa fille Marie. Cette beauté-là, quand certains hommes la possèdent, ferait croire qu'ils abritent en eux une lumière qui aurait continué à errer dans le monde, s'ils ne l'avaient pas recueillie.

Bref, il était si beau, si bien fait, et donnait tant à espérer que Marie se disait en elle-même : « Celui-là un jour réconciliera le rêve et la vie. »

Il arriva qu'un après-midi, Marie, qui était seule à la maison, alla jusqu'au puits quérir une marmitée d'eau pour faire bouillir ses châtaignes. Elle laissa un instant Loïk endormi dans son berceau. Quand elle rentra, avant même de poser son eau sur le feu, elle jeta un coup d'œil à son bébé. Mais... son Loïk n'était plus là sous son drap brodé et sa couverture de laine. À sa place, Dieu, était-ce possible !... il y avait un vilain folliard[1] qui ressemblait tout

1. Folliard : les folliards sont des nains du pays vannetais. Leurs frères de basse Bretagne s'appellent les *teuz*. Ils ne sont jamais plus grands qu'un bébé de quelques mois et quelquefois volent les nourrissons dans leur berceau puis prennent leur place.

autant à un crapaud qu'à un nain fripé et velu. Marie devint presque folle. Elle cria :

– Ce n'est pas lui, ce n'est pas mon Loïk. L'ange et le serpent ne peuvent avoir le même visage ! Cet horrible crapaud n'est pas mon bel enfantelet à moi !

Elle chercha, elle appela, mais rien. On lui avait volé son Loïk et on l'avait remplacé par cet être tout autant répugnant qu'un serpent baveux.

Sûr : c'était le démon qui, une fois de plus, avait trouvé l'occasion de jouer un mauvais tour à une brave femme. Marie ne trouva aucune juste raison à ce malheur. Elle, elle faisait chaque jour sa prière à deux genoux sur les dalles froides de l'église ; elle, toujours, avant de couper le pain, elle traçait de la pointe du couteau sur la croûte la croix de la chance, comme le font toutes les femmes pieuses de Bretagne ; elle, elle n'oubliait jamais de faire le signe de croix sur son Loïk quand elle le mettait au berceau.

Quand elle eut retrouvé un peu de calme et tous ses esprits, elle fit chercher par sa servante de l'épervière, qui est une plante à poils laineux que les druides utilisaient pour chasser le démon. Elle en mit dans le berceau, mais rien. Le folliard, velu, baveux, fripé, était toujours là. Toujours plus muet qu'un poisson d'étang au milieu de la nuit, il ouvrait sa petite bouche hideuse d'où sortait une langue sans couleur qui lapait l'air. Marie comprit qu'il avait faim. Malgré la répulsion que lui inspirait cette affreuse création des démons, elle ne pouvait laisser mourir ainsi dans le berceau de son Loïk un être vivant. Elle lui donna donc le sein, mais plus il buvait le bon lait, plus il avait soif et faim, aurait-on dit. Il semblait avoir assez d'appétit pour assécher trois douzaines de nourrices.

Une semaine tout juste s'était écoulée sans qu'aucun des tourments de Marie ne s'apaisât, sans qu'aucune de ses peines ne finît. Alors, elle décida de se rendre à pied à la fontaine sacrée, celle qui se trouve juste à côté du dolmen de la Pierre Trouée.

Elle attendit presque vingt jours que tombât une averse de grêle. Elle la guettait, cette averse, on était en mars quand même ! Dès que les grêlons se déversèrent sur la terre, elle en compta cent qu'elle fit fondre dans une casserole. Elle recueillit l'eau obtenue dans une petite bouteille de verre jaune, et partit. Elle arriva à la fontaine sacrée vers le milieu de l'après-midi. Elle se mit à genoux, elle se signa. Elle murmura quelques douces paroles à sa sainte patronne qui est notre mère à tous et elle versa de l'eau de sa bouteille dans l'eau de la fontaine. Toujours à genoux, mains jointes, elle garda un petit moment les yeux fermés. Quand elle les rouvrit, ce n'était pas son image qu'elle vit dans l'eau, mais celle de la fille-fée des sources, qui habitait là. Elle lui raconta son histoire. La fée, sans sortir de l'eau sous laquelle elle était, lui parla avec une aussi jolie voix qu'aurait eue une jeune fille ayant grandi sur terre.

– Marie, il faut que tu jettes neuf pommes dans un chaudron d'eau chaude, et...

– Mais, l'interrompit Marie, cela n'est pas possible. Nous n'avons aucune pomme cette année, le gel tardif de mai nous a tué toutes les fleurs des pommiers.

La fée sourit et reprit la parole :

– Marie, si tu n'as pas de pommes, tu as peut-être un œuf ?

– Dieu merci, je peux avoir un œuf et même des œufs. Mes poules jusqu'à ce jour n'ont jamais oublié de me contenter.

– Alors Marie, écoute. Tu vas prendre un œuf, le casser en deux. Tu garderas la coquille que tu rempliras de soupe bien chaude. Tu feras cela devant ce folliard qui a pris la place de ton fils. Alors il parlera. Il te demandera ce que cela veut dire. Tu lui répondras simplement : « C'est pour nourrir les douze laboureurs qui viennent retourner ma prairie. » Tout de suite il s'étonnera et dira :

Moi qui ai vu le gland avant de voir le chêne
Moi qui ai vu l'œuf blanc avant la poule reine
Moi je n'ai jamais vu une chose pareille
Bien que depuis mille ans j'aie vu
mille merveilles

À ce moment-là, tu le sortiras de son berceau et tu le fouetteras de toutes tes forces, comme si tu voulais lui arracher la peau du dos. C'est tout.

Marie retourna au plus vite chez elle, et trouva un œuf... Et, pour la première fois, le nain fripé parla :

– Maman, mais que fais-tu ?

Sans laisser voir son étonnement, Marie répondit :

– C'est pour les douze laboureurs qui viennent retourner ma prairie. Je leur prépare à manger.

– À manger ? Pour douze ? Dans une coque d'œuf ?

Il continua par la litanie prévue :

Moi qui ai vu le gland avant de voir le chêne
Moi qui ai vu l'œuf blanc avant la poule reine
Moi je n'ai jamais vu une chose pareille
Bien que depuis mille ans j'aie vu
mille merveilles

Alors Marie le saisit. Elle le fouetta ! Une fois, deux fois... elle n'eut pas le temps de le faire trois fois : il disparut. Il se transforma en une fumée verte qui s'envola par la fenêtre.

Marie regarda le berceau. Quel bonheur ! Son Loïk rose et blanc était là. Il ouvrit les yeux et lui dit :

– Maman, je t'aime. Je me réveille juste à temps pour te faire un baiser.

Le conte peut changer de forme
Jamais ses bons mots ne s'endorment
Conte qui rit
Conte qui pleure
Le conte ne connaît pas l'heure.

IX
LE NAIN
ET SES DEUX FRÈRES

LE SEIGNEUR de Kerblez avait trois fils, ce qui est peu pour un homme qui s'était marié, démarié et remarié presque à chaque retour de printemps... depuis vingt ans.

Aujourd'hui il était bien vieilli, faut croire, puisque le lilas d'avril ne faisait naître en lui aucun nouvel émoi amoureux.

Sa barbe, jadis noire comme une aile de corbeau, était chaque jour un peu plus saupoudrée de givre blanc, offert par les meuniers du ciel.

Il le savait bien : il avait fait presque tout son temps dans ce monde. Il décida donc que l'heure était venue de céder ses terres et son titre à l'un de ses fils. Son premier garçon était fort et beau, son second beau et fort. Ces deux-là n'avaient pas bu le lait de la même mère, mais il s'en fallait de peu qu'on ne les prît pour des jumeaux.

Son troisième fils, lui, ne pouvait en aucun cas être confondu avec les deux autres. Il était né minuscule ! À dix ans, il n'avait encore que la taille d'un *teuz*[1], et il faut avouer qu'en attendant ses quinze ans il n'avait pas grandi beaucoup. Il était si peu haut au-dessus de ses deux pieds que, s'il n'avait sans cesse pris garde, les doigts de ses mains, au bout de ses bras, auraient traîné par terre.

Le seigneur fit venir ses enfants et leur tint ce langage :

_____

1. *Teuz* : nain de basse Bretagne.

– Mes fils, d'un jour à l'autre la vieillesse sera là pour moi, mais j'ai assez de sagesse pour ne pas la laisser faner mes armoiries. Dès à présent, l'un de vous doit me succéder. Ce sera celui qui me ramènera, dans l'année, les draps les plus doux et les plus fins où je trouverai le meilleur sommeil. Voilà. C'est celui-là qui disposera de mes armes et de mon pouvoir.

Dès le lendemain, les deux premiers fils, forts et beaux, et beaux et forts, sellèrent deux magnifiques coursiers et, leur bourse pleine d'écus, ils partirent au galop, l'un vers le nord, l'autre vers le sud. Le troisième fils, trop nain pour monter un cheval ou même un âne, partit à pied en direction de l'est. Dans la petite poche de sa culotte, il avait une pièce de deux sols. Avec deux jambes même petites, on peut marcher et il marcha. Pour se nourrir, il pêchait dans les rivières, grignotait des noisettes presque mûres et mâchait des champignons. Doucement mais sûrement, il avançait.

Un mois plus tard, ses frères n'avaient pas parcouru plus de chemin que lui. Il faut savoir que l'un et l'autre s'étaient arrêtés plusieurs jours dans des cabarets où ils avaient dansé avec leur préférée et bu du matin au soir des moques de cidre mousseux.

Un matin, le fils nain arriva dans une longue et large forêt. Tout y était beau sous le couvert. Il y avait une errante et douce lumière qui caressait fougères, aubépines et bruyères. Les pluies ici avaient comme apaisé l'inapaisable terre et les arbres, bras ouverts, étaient aussi beaux que des croix d'où le Christ aurait été décrucifié. Bientôt rendu au cœur de cette forêt, il entendit une voix sortir du silence d'un étang.

– Goulven, c'est bien toi ? C'est bien toi, le plus petit fils du seigneur de Kerblez ?

Aucun doute. C'était lui que l'on questionnait : Goulven, c'était son nom, et son père était le seul maître de Kerblez. Cela était aussi simple et aussi vrai que les douze coups qui font minuit douze heures après avoir sonné midi !

Devant lui, une belle jeune fille, dont les longs cheveux rouges caressaient la taille, lui souriait.

– Je suis bien Goulven de Kerblez, troisième fils du seigneur qui est mon père.

– Et que cherches-tu ici, au cœur de Brocéliande[1] ?

Il lui raconta en quelques mots l'objet de sa quête. Ce fut facile à dire puisqu'il n'était parti que pour acheter des draps fins et légers.

– Tiens, Goulven, prends cette bague qui est à moi et retourne au plus vite vers ton père. Tu la lui glisseras au doigt. Ce sera à lui de l'ouvrir. Sous la pierre verte comme mes yeux, cette bague cache deux draps blancs, plus fins qu'une fine farine.

---

1. Brocéliande : c'est une forêt de sept mille hectares qui compte quatorze étangs. Cette forêt est encore peuplée par des êtres légendaires qui servirent le roi Arthur : Lancelot, Yvain, Merlin l'Enchanteur, la fée Viviane et tous les chevaliers de la Table ronde. Aujourd'hui, on repère Brocéliande, sur les cartes, sous le nom de forêt de Paimpont.

Goulven prit la bague et remercia. Le soir même, il sortit de Brocéliande pour s'en retourner sur ses pas. Il était temps : Sacrispin[1], le vieux fou de la forêt, venait de tremper sa chemise dans la fontaine de Barenton pour l'essorer au-dessus des arbres.

Vite, Goulven arriva au château de son père. Il avait chaque jour beaucoup marché, en pensant à la jolie rousse qui lui avait offert la bague.

Ses frères l'attendaient. L'un et l'autre étaient rentrés depuis quelques jours déjà. Le voyant toujours aussi petit, ils se moquèrent.

– Goulven, tu en as mis du temps, pour revenir les mains vides et... toujours aussi petit qu'un grain de blé !

Leur père les convoqua tous trois dans la grande salle du château. Le premier fils, fort et beau, déplia une belle paire de draps blancs,

---

1. Sacrispin : cousin des korrigans. Ce vieux Tout Fou maudit de Brocéliande amenait la pluie en trempant sa chemise au fond de l'eau noire de son puits.

bien fins, qui de chaque côté étaient ourlés de belle dentelle.

– Ces draps, mon père, viennent des Flandres, on n'en tisse pas de plus jolis, je crois, de ce côté-ci du monde.

Le second fils, qui était beau et fort, sortit alors d'une peau d'hermine deux draps qui étaient non seulement beaux et blancs et fins, mais en plus, parfumés au laurier-rose.

– Ces draps, mon père, viennent de derrière les montagnes, là où commence le pays d'Espagne. La fleur qui leur a laissé son parfum symbolise la douceur.

Le seigneur se trouva fort embarrassé. Comment choisir entre la belle-beauté et la beauté-belle ?

– Père, j'ai moi aussi des draps où vous dormirez une heureuse vieillesse.

– Toi, Goulven ? s'étonna le père.

Les deux grands frères éclatèrent de rire et le père ne se retint qu'à grand-peine.

– Montre-moi cela.

Goulven sortit de sa poche la bague ornée de son émeraude verte et il demanda à son père de la glisser à l'un de ses doigts.

– Mon fils, merci, mais aujourd'hui j'ai plus besoin d'une paire de draps fins que d'une bague, fût-elle plus lumineuse qu'une larme de la Vierge.

– Mon père, voyez...

Il poussa légèrement l'émeraude et aussitôt deux draps s'échappèrent de la bague. Ils voletèrent dans l'air avec la légèreté d'un duvet de poussin et ils se posèrent l'un près de l'autre sur le plancher. La surprise fut grande. Pas seulement parce qu'ils étaient plus fins, plus blancs, plus parfumés que des pétales d'aubépine. Non. Ils étaient étoilés d'une broderie d'or qui éclairait assez pour faire croire que l'éternelle nuit était à jamais vaincue et défaite de ses noirceurs. Devant ce spectacle, le seigneur ne put que s'exclamer :

– Aucun doute, c'est Goulven qui a gagné.

Les deux frères crièrent à la sorcellerie et à l'injustice. Le seigneur, qui était bien ennuyé de céder tout le prestige de son nom à son nain de fils, décida d'une seconde épreuve. Il respira trois grandes fois l'air de son château et déclara :

– Mes fils, merci pour les draps qui sont de très bonne qualité. Sachez que celui de vous trois qui m'amènera la plus belle poule jaune héritera définitivement de mes armes et de mon pouvoir.

Les deux grands frères, beaux et forts et forts et beaux, furent un peu étonnés. Une poule ? Quoi de plus facile que de trouver une poule jaune !

Le lendemain, ils repartirent au galop, l'un au nord, l'autre au sud ; le troisième fils du seigneur, toujours aussi nain, s'en alla vers l'est, n'ayant cette fois encore que ses deux petites jambes pour essayer de courir un peu. Il retrouva Brocéliande un soir. Il entendit une voix émerger du silence de l'étang. Il vit avancer vers lui la même jeune fille, belle dans la rouille de ses cheveux.

– Goulven, te voilà revenu !

Il lui dit simplement l'objet de sa nouvelle quête. Elle lui confia, exactement comme à leur première rencontre, une bague avec une pierre d'émeraude. Elle lui donna les mêmes conseils et ajouta :

– Surtout, n'ouvre pas la bague avant qu'elle soit bien enfilée au doigt de ton père et, quand tu verras la plus belle des poules jaunes en sortir, subtilise-lui trois plumes que tu embrasseras l'une après l'autre.

Goulven promit tout et s'empressa de repartir bien vite. Il avait laissé la forêt derrière lui depuis plus de deux jours quand sa curiosité fut plus grande que lui. Il voulut voir un tout petit peu comment était la poule qu'il allait offrir à son père. Il ne repoussa qu'à peine l'émeraude mais, aïe ! une grosse poule en jaillit, une poule jaune qui partit courant et caquetant dans une prairie. Il sauta après elle !

Il essaya toute la nuit d'attraper la poule, mais sans succès. Tous les hommes ayant un peu de bon sens savent que rien n'est moins simple que d'attraper une poule en bonne santé ! Au matin, il était épuisé. Ses petites jambes ne le portaient qu'avec peine. Il vit le soleil rouge et moqueur naître de la terre et donner permission à la journée de se réveiller. C'est alors qu'il eut une idée. Il salua le ciel par un retentissant... cocoricoco... cococorico !

À peine avait-il proféré de son gosier l'habituel salut des coqs à la lumière du jour, que sa poule vint caqueter juste à côté de lui. Simplement, il la prit dans ses mains et sans plus attendre il la remit dans la bague. Ouf !

Quelques jours plus tard, il arriva au château de son père.

– Mes fils, suivez-moi sous le couvert des grands arbres de mon domaine, là nous verrons ensemble vos poules jaunes et je saurai dire laquelle est la plus belle.

Le premier fils proposa une poule si jaune,

si dodue et si grande qu'on l'aurait crue engraissée pour le soleil lui-même. Le second fils offrit une poule petite mais bien faite, jaune comme une belle fleur, un cytise, et qui avait la vertu de pondre chaque jour de l'année un œuf ayant deux jaunes dans sa coquille.

Quand Goulven s'approcha de son père, les mains vides, chacun de ses frères était sûr déjà d'obtenir l'héritage. Goulven sortit sa bague de sa poche.

– Encore ! s'écrièrent les frères alors que son père souriait en l'enfilant au plus grand doigt de sa main gauche.

Goulven repoussa doucement l'émeraude et une belle grosse poule sauta à leurs pieds. Une poule que personne ne s'était imaginé de voir un jour : une poule aux plumes d'or !

Goulven subtilisa trois plumes à sa poule. Ensuite, il l'offrit à son père.

– Goulven, merci. Cette fois tu as encore gagné et bien gagné. Tu es, dès aujourd'hui, le premier seigneur de Kerblez.

Goulven, pour remercier, se mit à genoux devant son père, sans même remarquer la colère de ses frères. Puis il se releva et, souriant, embrassa la première de ses plumes. Aussitôt, il se transforma en un prince plus grand et plus beau et plus fort que ses frères. Il ne leur laissa pas le temps de s'étonner : il embrassa la deuxième plume et, dans l'instant, deux superbes chevaux blancs équipés de cuir furent là, tombés du ciel ou sortis de la terre ! Tout de suite, il embrassa sa troisième plume et la jeune rousse, fille des eaux de Brocéliande, se trouva près de lui sans que l'on pût dire si le blanc de lait de son habit était plus blanc que le lait blanc de sa peau ! Le seigneur et ses premiers fils avaient trop d'étonnement pour articuler une seule parole. Ce fut la fille blanche aux cheveux de feu qui murmura :

– Goulven, partons à cheval, allons nous aimer dans mon royaume miroir d'eau.

Goulven lui tendit la main, puis il lui prit le pied pour la mettre en selle. Il enfourcha ensuite sa monture. Il salua son père et ses frères.

– Père, partagez votre bien et vos armes entre mes frères, moi j'ai assez d'un royaume où être aimé.

Lui et elle, Goulven et la fée Marc'harid, partirent vers Brocéliande sans vouloir perdre un seul instant, pour être seuls dans leur amour.

... Ils s'aimèrent fort toute leur vie et... s'ils ne sont aujourd'hui pas morts, ils vivent encore !

Conte
de jour de nuit
Conte
pour elle et lui
ia ia ia
oui oui oui
à midi et à minuit

x

L'HOMME JUSTE

L<small>A</small> B<small>RETAGNE</small> était à genoux, asservie depuis longtemps déjà. Chacun et chacune savait que le temps de mordre le vent n'était pas encore venu et qu'il fallait faire sa vie avec ses peines, ses tourments et sa misère. La moindre église, la moindre chapelle, la moindre croix, surveillait la lande ou la grève ou le croisement de deux chemins creux.

Tous se taisaient, mais dans la fermentation du silence, des cœurs battaient, gardaient la cadence de la vraie vie, qui est faite d'une moitié de nuit – pas plus – pour une moitié de jour.

Octobre était doux pour les hêtres et les charmes.

C'est en ce temps-là que le fils de Louarn Dénès naquit. Son fils vint au monde, après une belle averse, au moment même où un peuple de champignons naissait dans la prairie. Ce gars-là, bien que nouveau-né, était gras comme une taupe.

Louarn embrassa sa femme Josik. Eux qui n'avaient guère plus de terrain à cultiver autour de leur maison que ne peut en délimiter le cercle d'une barrique, avaient au moins maintenant une richesse : leur fils.

– Josik, dit Louarn, notre petit aura pour parrain un homme juste. Pas un de ces mauvais riches plus méchant dans le monde qu'un loup-garou ; pas un de ces curés qui récite les Évangiles sans les entendre pour sa vie.

– Où trouveras-tu celui-là, mon bon Louarn ?

– Je ne sais pas, mais j'irai aussi loin qu'il faudra pour le trouver.

Quelques jours plus tard, Louarn partit avec son petit. Les chauves-souris de sa maison ne sortaient plus le soir et, dans le voisinage, on faisait griller les premières châtaignes. Après avoir marché deux bonnes heures, il rencontra un vieillard bien maigre qui s'avançait sur le chemin à sa rencontre.

– Bonjour, brave homme. Que faites-vous donc sur ce chemin, avec un enfant presque nouveau-né ?

– C'est mon fils et nous cheminons ensemble à la recherche, pour lui, d'un parrain.

– Tiens donc... mais je pourrais être, moi, le parrain de votre enfant et lui choisir un nom.

– Vous pourriez, mais... je veux que son parrain soit un homme juste. Je ne cherche pour lui rien d'autre qu'un homme juste.

– Vous ne pouviez avoir meilleure chance : je suis un homme absolument juste.

– Qui donc êtes-vous ?

– Le Bon Dieu lui-même !

– Le Bon Dieu... alors non, vous ne pouvez être le parrain de mon fils.

– Moi, je ne peux pas ?

– Impossible, vous n'êtes pas juste. Vous faites naître sur cette terre des boiteux, des bossus, des aveugles et d'autres qui sont plus beaux et plus vifs que des noisetiers au printemps ; ce n'est pas tout, vous faites besogner dur les honnêtes gens chaque jour pour rien d'autre que fatiguer leur pauvreté, alors que des fainéants se régalent de bonne viande et de bon pain trois fois par jour. Non. Vous n'êtes pas assez juste pour mon fils. Au revoir.

Le soir même, alors que le bébé dormait bien, un bel homme, presque aussi vieux que sa longue barbe blanche, vint s'asseoir près de Louarn.

– Bonjour, brave homme, est-ce que je peux partager le feu qui réchauffe votre cabane ?

– Ce n'est pas ma cabane mais j'y passe la nuit avec mon enfant. Partageons, je ne suis propriétaire de rien et certainement pas du feu.

– Et que faites-vous donc par ici avec ce petit, encore tout bébé ?

– Rien d'autre que lui chercher un parrain. Quand nous l'aurons trouvé, nous rentrerons vite près de sa mère, ma bonne Josik.

– Je peux être ce parrain, peut-être...

– Peut-être... Êtes-vous un homme juste ?

– Oh oui, très juste. Je suis saint Pierre.

– Vous ? Saint Pierre ? Le concierge du paradis ? Celui qui en détient les clés ? Celui qui y fait entrer qui bon lui semble ?

– C'est cela même, c'est moi-même.

– Mille regrets, monsieur, mais tout saint que vous soyez, vous n'êtes pas l'homme qu'il me faut.

– Pourquoi donc ?

– Parce que vous refusez la porte du paradis à de nombreux hommes qui méritent d'y entrer. Vous reprochez un petit rien à leur honnêteté...

en fait, ils sont trop pauvres sans doute. Ils n'ont eu dans leur vie que leurs bras pour travailler, que leur force pour montrer leur peine et prouver leur honnêteté. Mais à leur place, vous faites entrer de drôles de paroissiens.

– Comment cela ? Pourquoi me faire des reproches ?

– C'est la vérité.

– Non, certainement.

– Vous êtes un grand chef, un grand roi, un grand saint de l'Église ?

– Oui, assurément.

– Eh bien, retenez que dans votre Église comme partout, il n'y a place que pour l'argent. Dans l'Église plus qu'ailleurs encore, le riche passe avant le pauvre. Non, vous ne pouvez être le parrain de mon fils.

Le lendemain, Louarn rencontra un homme bien solide, avec sa faux sur l'épaule.

– Où allez-vous ainsi avec une si jeune âme dans les bras ?

– Là où je lui trouverai un parrain.

– Alors arrêtez-vous, je serai ce parrain-là.

– Vous le serez si vous êtes juste. C'est un homme juste que je cherche, personne d'autre.

– Plus juste que moi, vous ne trouverez pas, dans ce monde ou dans l'autre...

– Qui êtes-vous donc ?

– Je suis l'Ankou[1].

À peine eut-il dit qui il était qu'il déboutonna son habit. Louarn vit alors qu'il n'était qu'un squelette. Dans le même temps, il remarqua la lame de sa faux qui avait le tranchant tourné en dehors. Aucun doute, il était en présence de la mort.

– Donc vous êtes la mort... C'est vrai que vous êtes juste, puisque vous emportez sans distinction un jeune ou un vieux, un roi ou un

---

1. Ankou : c'est la mort dans la tradition bretonne. On situe généralement son royaume dans les monts d'Arrée. L'Ankou apparaît sous la forme d'un squelette, vêtu souvent d'une cape et portant toujours une faux. Il existe aussi un Ankou marin. On dit que c'est le premier noyé de l'année.

laboureur, un soldat ou une jeune fille. Je veux bien de vous pour parrain de mon enfant. Venez. Rentrons ensemble près de sa maman, ma bonne Josik.

Le lendemain de leur retour, ce fut la fête : le baptême.

L'Ankou tint le gros-gras garçon sur les fonts baptismaux et il y eut un festin payé par le parrain. On mangea des viandes et de la bonne bouillie chaude. On but de grands bols de cidre.

Quand la fête fut finie, l'Ankou parla ainsi :

– Louarn, Josik, vous êtes bons tous les deux. Vous êtes beaux aussi dans votre fierté. Je veux et je peux vous aider. Voilà : Louarn, fais-toi médecin. Tu iras soigner les uns et les autres. Si tu me vois près du lit d'un malade, debout à son chevet, tu lui prescriras ce que tu veux... un peu d'eau claire par exemple, et il guérira. Si, au contraire, tu m'aperçois au pied du lit, offre-lui quelques bonnes paroles et préviens-le qu'il va mourir.

Louarn, qui jusqu'alors n'avait soigné que son peu de terre, se fit médecin. Jamais il ne se trompa. Ses remèdes d'eau claire ou de feuilles de chêne guérissaient à coup sûr. Quand il ne prescrivait rien et qu'il offrait ses paroles, on le savait, la fin était proche. Il devint riche assez vite, tant son jugement était sûr et ses compétences reconnues.

Le fils de Louarn et de Josik, pendant ce temps, venait bien. Il se préparait chaque jour un peu plus à être un vaillant et honnête homme. Il avalait les saisons qui le faisaient grandir alors que les mêmes saisons vieillissaient Louarn, son père.

Un soir, l'Ankou rendit visite à son filleul. Il resta manger un peu de pain et une pomme de terre.

– Louarn, tu me reçois bien. Viens donc me voir chez moi que je te rende la pareille.

– Chez toi ! Mais qui va chez toi n'en revient pas !

– Non... toi, tu peux venir. Ne crains rien.

Le lendemain, Louarn alla au château de l'Ankou. Il le repéra facilement ce château que personne avant lui n'avait découvert. Il y entra et tout de suite se trouva dans la grande salle des fêtes.

– Bonjour, Louarn.

– Bonjour, Ankou.

– Louarn, te voici dans la salle des vivants.

Il y avait là quelques millions de cierges qui brûlaient. Certains hauts et pétillants de lumière, d'autres usés et à la flamme hésitante.

– Louarn, ces cierges sont les vivants. Ceux qui sont grands et beaux viennent de naître, ceux qui sont faibles et presque éteints vont mourir.

Louarn n'en revenait pas. Là, devant lui, tous les vivants bien vivants et ceux déjà presque morts !

– Ankou, me diras-tu où est mon fils, ton filleul ?

– Là, au milieu, c'est celui qui brille le plus.

Louarn fut heureux de constater la vitalité de son fils.

– Je vois qu'il n'a pas besoin de l'aide de son médecin de père !

– C'est vrai... répondit l'Ankou. Mais, quelquefois, les médecins eux-mêmes ont besoin d'un médecin.

Louarn pâlit un peu.

– Et moi, Ankou, où suis-je dans cette salle ?

L'Ankou désigna une flammèche à peine frémissante.

– C'est moi ?

– Oui, c'est toi. Il ne te reste plus que trois jours à vivre.

– Trois jours ! Mais ne peux-tu ajouter un peu de mèche et un peu de cire à ma petite flamme ?

– Non.

– Non...

– Si je le faisais, je ne serais pas juste, moi qui suis le parrain de ton fils.

– Tu as raison, et moi, si je l'acceptais, je ne serais pas juste non plus.

Louarn rentra chez lui. Il embrassa fort sa bonne Josik et se prépara.

Trois jours plus tard, bien allongé sur son drap blanc, il mourut.

Il eut un bel enterrement, lui qui n'avait de toute sa vie trompé personne, lui qui n'avait jamais flatté les puissants ni partagé le rire des riches.

Ce conte, oui bien sûr, finira de lui-même
quand pas à pas ses mots auront tous été dits.
Il parle d'une fille et d'un garçon qui s'aiment ;
ce conte-là commence un bel après-midi.

XI

LES FIANCÉS DE PLOUGASTEL

Il y a plusieurs bouts du monde dans le monde, mais celui où se tient Plougastel n'est pas comme les autres. Plougastel, c'est un pays rocheux attaqué d'un côté par les vagues. Pays où l'on arrive après avoir traversé des landes haletantes de bruyère, après avoir suivi des chemins creux, cabrés, face à l'haleine des vents qui s'émancipent.

En ce temps-là, on se souvenait encore que la courte rivière qui borde Plougastel, celle qui se jette là dans la mer, s'était appelée la Dour-doun, avant de prendre le nom du baron d'Elorn. C'est elle qui sépare à cet endroit le Léon[1] de la Cornouaille.

C'était au début de l'été, au moment où la terre amoureuse multiplie ses offrandes de genêts, qu'avait lieu la fête de la Terre. Il faut dire que déjà, en ce temps-là, malgré les rocs, les champs étaient les jardins où poussait tout ce qui peut nourrir les hommes. Et le seigle dans les champs était en juin une chevelure de fée. Il y avait des fraises déjà à Plougastel... mais en ce temps-là, les fraises mûres étaient blanches.

L'après-midi de ce dimanche-là, sur la place, autour de toutes les croix du calvaire, ce furent chants et danses, jongleries et jeux, bolées de cidre et bouillie d'avoine. Les petites

---

1. Léon : c'est un des anciens pays de Bretagne, bordé par le Trégor à l'est et la Cornouaille au sud. Cette région côtière s'étend de Brest à Morlaix.

filles coiffées du bonnet à trois pièces admiraient le flot de rubans des larges coiffes de leurs mères. C'était la fête. Le vert et le violet des habits, mêlés au jaune de l'ajonc et du genêt, invitaient le bleu du ciel à venir danser avec les chrétiens des huit chapelles, rassemblés là pour l'occasion. La fête de la Terre était vraiment belle en ce milieu d'après-midi quand le miroir tournant fut poussé sur la place. Lorsqu'il fut là, presque en face de Notre Seigneur portant sa croix dans le granit du calvaire, tous les vivants du village vinrent autour comme pour l'assiéger ou le protéger. Il y avait les enfants, bien sûr, mais aussi toutes les filles et les femmes, avec leurs coiffes aux ailes retroussées et leurs grands châles sur les épaules. Elles semblaient n'être rien d'autre que des princesses. Dans le léger souffle du vent, les rubans des coiffes voletaient avec les gilets brodés et les vestes des hommes.

Maïwenn et Yeun étaient là, au premier rang. Elle comme lui avaient treize ans.

Quand le *piler-lan*, qui est la danse des fouleurs d'ajoncs, avait brusquement cessé, ils avaient compris que c'était l'heure de leur danse à eux, comme celle de tous les autres de treize ans. Ils y avaient pensé mille et mille fois, à cette danse-là. Ils savaient qu'eux deux qui s'aimaient d'amour, c'est-à-dire de cœur et d'âme, eux deux qui étaient inséparables comme les deux rives d'un même fleuve, devraient danser...

Cette danse pour tous les treize ans était une ronde autour du miroir tournant. Le miroir était poussé, lancé, par une vieille à la peau fripée et au cœur d'écailles sans doute. Il tournait et la danse tournait elle aussi. Quand le miroir s'arrêtait, la ronde s'arrêtait. Celui ou celle dont le visage, à ce moment, était prisonnier du miroir était ainsi désigné. Il sortait de la danse et attendait. Garçons et filles, l'un après l'autre, étaient ainsi donnés l'un à l'autre par le miroir et devaient se marier dans l'année.

La musique du *bagad*[1] prit l'air. Cornemuses et binious et bombardes commencèrent une gavotte dansée en ronde, lentement. Tous les treize ans se mirent à tourner : Maïwenn, Yeun, et les uns et les autres...

Le miroir désigna tour à tour les uns et les autres, c'est-à-dire les unes pour les uns... mais Maïwenn ne fut pas choisie pour Yeun et Yeun fut sorti de la danse pour une autre que Maïwenn.

– Maïwenn, ma douce aimée, ce choix est impossible. C'est près de toi que je veux vivre mes jours... des jours de soleil dans tes yeux. C'est près de toi que je veux vivre mes nuits... et partager la lune prise sous tes paupières.

– Yeun, répondit Maïwenn, je ne veux que toi pour donner un visage à ma vie : pour habiller ou pour déshabiller ma vie.

Ces deux-là s'aimaient trop pour se laisser guider comme deux agneaux de lait. Ils déci-

---

1. *Bagad* : groupe de musiciens. On dit au choix une *kevrenn* ou un *bagad*.

dèrent de se retrouver la nuit même, à minuit, sur la lande et de s'enfuir en Irlande... ou en Alger : quelque part où ils dénicheraient une terre libre pour s'aimer.

La fête s'acheva.

Le soir tomba sur les images sculptées du calvaire, sur le granit rendu docile pour montrer la vie et la mort du Seigneur ; plus docile sans doute que les cœurs décidés de Maïwenn et de Yeun.

Maïwenn, deux heures avant minuit, se rendit sur la lande pour attendre son amant. Elle portait des sabots, une coiffe, une jupe et un tablier de soie. Elle avait enveloppé dans un châle son peu de linge, peut-être deux justins échancrés et deux chemisettes de chanvre.

Elle était là, princesse en sabots, sous la lune qui courait devant ou derrière les nuages. Elle respirait l'odeur un peu âcre de la mer et des goémons.

Tout à coup, elle entendit des voix qui

s'approchaient. Elle eut peur. Sans réfléchir, elle enleva ses sabots et courut vers un pli de rocher pour s'y cacher derrière un roc et un buisson d'ajoncs. Mais aïe ! Pieds nus, elle blessa l'un de ses pieds sur une pierre. Elle se baissa pour voir son mal. Elle ne saignait qu'un peu. Elle repartit vite, laissant tomber un de ses rubans.

Les voix de la lande furent effacées par le vent.

Maïwenn resta cachée. Elle resta longtemps, trop tremblante pour bouger.

Yeun arriva. Il était minuit. Il était sous la lune en sabots et en blouse bleue. Rien. Personne. Il attendit, marchant ici et là, frappant du pied le roc de son sol natal.

Tout à coup, il vit un ruban blanc : le ruban de Maïwenn ! Il se baissa et aperçut du sang sur la lande : du sang de Maïwenn ! Il se releva, agité. Il regarda autour de lui. Il interrogea les pierres et le ciel. C'est quand il se tourna vers la mer qui attendait au bas de la lande qu'il comprit... ou du moins, le crut-il !

... Un bateau s'éloignait, toutes voiles dehors !

– Maïwenn, mon aimée, la seule vie que j'avais pour vivre : on me l'a volée !

Yeun savait que des pirates de toutes les mers venaient jusqu'à cette côte. Il ne prit pas le temps de douter. Ce ruban, ce sang, ce bateau : ce ne pouvait être que cela ! On lui avait volé la source pure où il buvait sa vie.

Dans la nuit, sur la lande, il sortit de sous sa blouse le grand poignard de voyage dont il s'était armé. Il jeta un dernier regard vers la voile blanche sous la lune et, d'un seul coup, se transperça et le corps et le cœur. Il tomba à genoux et commença à mourir.

Maïwenn, enfin, avait cessé de trembler. Ses sabots à la main, elle revint vers le milieu de la lande. Mais quoi ! Elle trouva là, sur les genoux, son amant, déjà à moitié vidé de son sang. Yeun, d'un dernier regard, lui indiqua la voile blanche. Elle la vit au loin, comme elle vit son ruban dans la main de son amant. Alors, elle comprit. Elle qui ne vivait sa vie que pour la partager et inventer l'amour, elle sortit le long poignard des chairs de son amant et à son tour elle se perça et le corps et le cœur.

Quand elle tomba, elle, Maïwenn, sur le corps de Yeun, leurs sangs se mêlèrent à jamais et le vent de noroît[1] se leva. Il se mit à souffler en bourrasques de tempête, si fort qu'il leva de terre le sang des deux amants, comme le fond des mers fait se lever les vagues. Il souffla tant qu'il jeta le sang rouge de la mort des amants sur tous les champs.

Quelques jours plus tard, quand les fraises de Plougastel mûrirent pour être belles, elles étaient rouges et non blanc-rouge, toutes rouges pour la première fois ! Rouges teintées pour toujours du sang de Maïwenn et de Yeun.

---

1. Vent de noroît : en Bretagne, particulièrement dans le Finistère, c'est le vent qui souffle du nord... Le vent de suroît, lui, vient du sud.

Ainsi périrent les deux amants
dedans l'été de leurs treize ans

Si un jour vous passez à Plougastel, au début de l'été, vous verrez peut-être une vieille femme ou une toute jeune fille prier à deux genoux au bord du calvaire. Si vous lui demandez ce qu'était sa prière, elle vous dira peut-être avoir murmuré au Sauveur : « Bénis nos fraisiers, ô Dieu, ces fraisiers par qui nos ancêtres devinrent assez riches pour faire sculpter ta vie et ta mort dans la pierre de ce monument. »

Croyez-la, ou ne la croyez pas. Jeunes ou vieux, quand ils prient ici, parlent d'amour avec le ciel, le plus souvent. Qui ne voudrait aimer ou être aimé comme Maïwenn et Yeun, à tout jamais amants ?

C'est un conte comme un autre,
il commence par le premier mot
et s'achève par kénavo.

LA DERNIÈRE VEILLÉE
DE MARGODIG

ON A beau dire, les filles folles et ambitieuses qui poursuivent des songes dorés mettent toujours leur âme en péril ; surtout celles qui se moquent bien de choisir pour leur vie un simple homme, dur à la peine et craignant Dieu. Margodig était de ces filles-là.

Elle avait beau chaque jour se signer, après avoir trempé son doigt dans la fontaine près de Saint-Efflam, en Plestin, rien n'y faisait. Elle restait folle, ambitieuse, coquette, et de manières très osées. Quelquefois elle se promenait sur la Lieue de Grève[1], la robe salée et mouillée d'embruns lui collant à la peau des fesses, ce qui ne l'empêchait nullement de se signer en passant devant la croix posée là pour surveiller la marée.

Quand elle rentrait chez elle, cette fille unique se mettait alors et toujours à son occupation favorite, qui consistait à se lisser ses longs cheveux roux. Son chez-elle, c'était chez son père, Fanch, vieux pêcheur qui ne pêchait plus, lui qui n'avait jamais réussi à échanger son poisson contre autre chose que la misère.

Ce soir-là, la nuit de fin d'automne s'installait, poussée par le vent. Le vieux Fanch venait d'avaler une écuellée de bouillie d'avoine et d'en servir une à Marie-Job sa

---

1. Lieue de Grève : c'est l'espace laissé par la mer quand elle se retire à Plestin. Là, la mer ne se retire pas seulement sur une lieue mais sur près de cinq kilomètres.

femme, toute malade, qui ne quittait plus le lit. Margodig ne s'inquiétait pas plus de sa mère que de la complainte des âmes en peine apportée par le vent. L'inconduite avait depuis longtemps détruit chez elle l'amour naturel qu'une fille doit à son père et à sa mère.

Elle n'était occupée que des futilités de sa toilette. Elle ajustait sur son corps un joli corsage décolleté et serré à la taille, un corsage avec de larges manches de velours. Voletant autour d'elle, sa jupe de satin noir était également rehaussée de velours. Son beau linge, elle l'avait acheté avec tous ses gains de repasseuse, oubliant de donner une seule pièce de deux sols à ses parents. Fanch, regardant sa fille, retenait ses larmes. Et puis, n'en pouvant plus, il s'adressa à elle avec toute la vieille force qui coulait dans ses veines. Il lui dit :

– Non, Margodig, tu n'iras pas à la veillée ce soir.

– Et pourquoi cela ? Pourquoi je n'irais pas, alors qu'un ménétrier[1] est arrivé chez les Kerguénou et qu'il nous fera danser.

– Non, tu n'iras pas, parce que je ne le veux pas et aussi parce que ta mère est malade.

– Malade ? Mais tu es là, toi... Et si tu dors, elle saura bien se soigner toute seule et dire ses prières !

– Non, tu n'iras pas.

Margodig qui était prête mit son châle sur ses épaules et sortit comme si de rien n'était, en claquant la porte.

– Notre fille a un galet à la place du cœur, gémit Marie-Job.

– C'cst sans doute vrai, admit le père les larmes aux yeux, puis il cria vers la porte refermée : « Que saint Michel et saint Efflam oublient de te protéger ! » Là-dessus, il ferma la porte à double tour.

Margodig, sans compter ses pas, s'en alla

---

1. Ménétrier : musicien ambulant allant de ferme en ferme.

dans l'arrière-pays, en passant tête basse devant la croix des Sept-Chemins[1]. Chez les Kerguénou, c'était chez une cousine. Pour y aller, elle avait à marcher successivement dans trois chemins creux et après, à parcourir un bout de lande haut perché où déjà la nature était oublieuse de la mer. Le vent soufflait si fort ce soir-là qu'il faisait voltiger les glands des chênes et les châtaignes tout juste faites. Margodig avait un peu peur quand des branches tordues se jetaient sur elle comme obéissant à la voix du père des vents. Elle n'était plus très rassurée et elle redoutait même que les quelques champignons comestibles du chemin ne se transforment en korrandons[2], avec jambes de chèvre et sabots de fer ! Des korrandons qui l'inviteraient à rebrousser

---

1. Sept Chemins : ils symbolisent les sept grands saints de Bretagne. On raconte qu'après avoir débarqué ensemble près de Saint-Efflam, à Plestin-les-Grèves, ils se séparèrent à un carrefour ayant sept chemins, pour ne se retrouver qu'au Paradis.

2. Korrandons : ils appartiennent à la grande famille des lutins et des nains de Bretagne et vivent sur les côtes de la Manche.

chemin pour aller danser avec eux sur la grève de Plestin. Un instant, la lune courut plus vite que les nuages et éclaira, à quelques pas d'elle, un vieux chêne dont le tronc était tout habillé de touffes de gui. Sous ses branches, un beau jeune homme, bien vêtu et de bonnes manières, semblait-il, l'attendait.

Il salua bien bas Margodig et lui demanda :

– N'iriez-vous pas par ce chemin à la veillée, à la ferme des Kerguénou ?

– C'est bien là que je vais, si le vent le permet !

– Acceptez que je vous accompagne, j'y suis attendu.

Margodig, trop heureuse d'être accompagnée par un si beau jeune homme, oublia toute prudence. Elle s'appuya à son bras et se laissa mener, en songeant plus à du bien qu'à du mal... Quand ils arrivèrent sur la lande, ils s'étaient déjà tellement serrés que le beau jeune homme tint même Margodig par le petit doigt, ainsi que font les amoureux. Ils furent à la ferme trop vite au goût de Margodig qui serait bien restée un peu plus comme cela dans la nuit, maintenant que le vent était presque calmé. Ils entrèrent et, alors qu'ils passaient pour prendre place près de l'âtre, tous ceux qui étaient là dirent de diverses manières « qu'ils sont beaux, ces deux-là ! », ou « leurs visages pourraient figurer sur une faïence coloriée de Quimper ». Quelqu'un, peut-être leur hôtesse, ajouta : « C'est sans doute un seigneur d'Irlande venu pour épouser une fille d'ici ; elle a beaucoup de chance, cette Margodig. »

Ils s'étaient assis l'un contre l'autre sur le banc. On aurait pu croire que les chandelles de suif et les flammes du feu ne tremblotaient que pour les éclairer, eux, tant on les voyait plus que les autres dans la grande pièce.

Après quelques crêpes et quelques bolées de cidre, ce soir-là, on profita du ménétrier et de son petit hautbois pour taper dans ses mains et chanter et danser. Margodig dansa avec son beau cavalier et leur ronde n'en finissait pas de tourner. Mais, au beau milieu de la danse, il advint une chose surprenante : les chandelles de suif s'éteignirent toutes d'un coup et la pièce ne fut plus éclairée que par les flammèches du foyer. Tous s'arrêtèrent de danser, sauf... Margodig et son cavalier. L'hôtesse regarda alors son sol de terre battue que les danseurs avaient foulé et ce qu'elle vit lui glaça le cœur. Il y avait là des traces pas naturelles que la lumière des flammes montrait. Des dessins drôlement tournés. En un instant, elle n'eut plus de doute. Ces dessins, ces empreintes, ce n'était rien d'autre que les pieds fourchus du Diable !

Aussitôt, elle prit sa cousine dans ses bras et lui murmura :

– Reste ici pour la nuit, viens, laisse les autres partir, tu dormiras dans mon lit.

Margodig éclata de rire.

– Cousine, ma cousine, non. J'aime mieux courir la lande et les chemins de nuit avec le bel inconnu... celui qui m'aime et avec qui je suis venue.

Elle le dit et elle le fit.

Le retour fut tout de suite différent. Dès qu'ils furent seuls dans leur nuit, le beau cavalier lâcha la main de Margodig et cessa de parler. Plus loin, il émit à chaque pas des sons graves ou aigus qui ne voulaient absolument rien dire pour un vivant.

Margodig fut vite prise par les tremblements de la peur. Heureusement, elle avait tant pressé le pas qu'elle aperçut la maison de son père, là-bas.

Arrivée devant la porte, avant de frapper, elle se retourna pour prendre poliment congé de son étrange cavalier. Mais... mille sanglots lui étouffèrent alors la gorge ! Le beau jeune homme n'était plus beau : c'était à présent un monstre géant, hirsute, au visage visqueux et changeant, oui... à ses poils, à ses pieds, elle le reconnut. C'était le Diable. Le Diable lui-même et en personne !

– Allez... Margodig, ne crains rien. Puisque tu as bien dansé, tu peux aller. Tu peux rentrer.

Margodig frappa et tourna la poignée, mais la porte était fermée. Dieu et les saints étaient sans doute à l'intérieur aux côtés de Marie-Job malade, et de Fanch qui s'était levé. En tout cas, personne n'était dehors pour l'aider.

– Margodig, tu ne peux pas entrer, je suis bien obligé alors de t'emmener.

Elle cria. Elle se débattit. Sa coiffe tomba. Le Diable la souleva et l'emporta.

La dernière voix qu'elle entendit dans le noir fut celle de son père qui disait :

– Adieu, notre fille, kénavo à tout jamais.

Il était une fois

ainsi qu'on dit toujours

quand on veut raconter les choses sans détour.

LA MARY-MORGANE DE PORT-BLANC

COMMENT savoir si l'arc-en-ciel, arrondi ce jour-là entre les nuages du ciel, était l'auréole d'un saint ou un serpent venu se désaltérer dans l'eau de mer ?

Toujours est-il que cet après-midi-là, Notre-Dame-du-Port-Blanc avait sans doute quitté son oratoire pour aller rendre visite à l'autre Notre-Dame, celle qui veille sur la chapelle de l'autre côté du bras de mer...

Toujours est-il qu'Ivona, elle, arriva dans la

crique, celle qui n'est pas bien loin du musoir[1] du môle de Port-Blanc, son village. Elle venait remplir son pot avec un peu d'eau de mer...

Ivona était une jeune fille très riche et très belle et très orgueilleuse. Elle avait toujours pensé, depuis toute petite, se marier avec le plus beau et le plus robuste des pêcheurs de la côte trégorroise, et certainement pas avec un de ces vagabonds chercheurs de pain comme il y en avait beaucoup. Tout le monde savait cela à Port-Blanc, puisqu'elle l'avait répété partout, elle qui était plus bavarde qu'une pie borgne. Tout le monde savait aussi, aujourd'hui, que c'était Jakez, le meilleur marin de la meilleure barque sardinière, qu'elle avait désigné pour être son fiancé d'abord et son époux ensuite.

Jakez ! À chaque fête, quand les garçons et

---

1. Musoir : pointe extrême d'une digue, d'une jetée ou d'un môle.

les filles se rangeaient face à face pour commencer la danse qui tourne, c'était devant lui qu'elle se plaçait.

Jakez ! Depuis plus d'une année déjà, elle l'avait regardé bien en face pour lui dire :

– C'est toi que je veux. Tu seras à moi et nous serons aussi inséparables que la mer et le ciel collés ensemble à l'horizon.

Sûre d'elle, elle l'avait avisé ainsi, oubliant qu'elle aurait dû, comme c'était la coutume, laisser un tailleur du village aller pour elle et sa famille, avec une baguette de genêt, parler de mariage. Jakez avait souri, sans rien répondre, sans même réfléchir au nombre de sardines qu'il lui faudrait pêcher encore avant de pouvoir s'offrir un bel habit de noces.

Ainsi, une nouvelle saison de pêche commença et Jakez ne semblait toujours pas très empressé. Ivona se demandait bien comment un simple pêcheur pouvait tant attendre, alors qu'elle lui proposait rien de moins que ses joues roses tachées de rousseur, ses cheveux bruns sous sa coiffe blanche, un bon lit chaud et la fortune.

Il fallut qu'elle aille dans la crique, pas loin du musoir du môle, pour comprendre.

C'était une fin d'après-midi et la mer s'était retirée au loin. Elle entendit derrière un rocher une voix douce, mélodieuse qui chantait un tendre *soniou*[1]. Elle s'approcha et là, elle vit une fille de mer, une mary-morgane toute blonde, cheveux longs, presque nue. Seul un léger voile de fil d'or recouvrait ses jambes. Contre elle, la tête reposant sur la plage de son ventre, Jakez savourait le sucre des paroles qui lui étaient chantées.

Ivona tout de suite s'enfuit, oubliant dans sa rage de remplir son pot ! Deux fois elle revint, deux fins d'après-midi, voir si ses yeux ne

---

1. *Soniou* : ce mot est dérivé de *son*. La *son* et la *guerz* sont deux genres musicaux chantés en Bretagne. Si la *guerz* est plutôt tragique, la *son,* quelquefois gaie, parle souvent de la vie quotidienne... des amours ou d'un beau mariage, par exemple.

l'avaient pas trompée. Mais non, c'était bien Jakez, celui qu'elle voulait pour elle, qui était là, serré contre cette fille des vagues, comme un licheur[1] à sa bolée de cidre.

C'était ainsi et c'était vrai. Jakez n'avait chaque jour qu'une hâte, c'était de terminer sa pêche et, aussitôt rentré au port, d'aller noyer ses yeux bleus lavés par la mer dans les yeux bleus de sa blonde aimée. Elle était belle, celle-là. Beaucoup plus belle que les sirènes qui naissent au milieu des Sept-Îles, entre Riouzic et Melban.

Un nouvel équinoxe d'été arriva et aussi un nouvel équinoxe d'hiver. L'amour de Jakez et de sa mary-morgane aux cheveux blonds de soleil sous le soleil et blonds de lune sous la lune restait égal. La fortune et l'orgueil et la beauté d'Ivona n'y pouvaient rien.

---

1. Licheur : buveur ; d'après le verbe « licher », boire à petits coups.

Toujours est-il donc que ce jour-là, Ivona venait remplir son pot d'eau de mer. C'est alors qu'elle vit la mary-morgane, seule, allongée sur le sable blanc. Elle était là, silencieuse, immobile, insouciante, yeux fermés. Elle ne semblait aucunement se demander si c'est Dieu qui a fait la langouste et le Diable l'araignée de mer ; Dieu qui a fait la baleine et l'huître et le Diable le requin et la moule. Elle ne bougeait pas plus que le rocher qui était derrière elle. Ivona s'approcha et, après l'avoir bien observée, constata à voix haute :

– Ouf, tu es morte. Te voilà emportée par une force supérieure. Puisse le Dieu du ciel laisser le capitaine du bateau de nuit prendre ton corps après avoir disposé de ton âme, si tu en avais une !

Ivona se tenait debout, au-dessus du corps allongé de la mary-morgane. Elle la regarda encore et se dit tout haut :

– Elle n'avait rien de plus que moi, celle-là ! Elle n'était ni plus grande, ni plus fine, ni...

Là-dessus, Ivona s'allongea de tout son long contre le corps de la mary-morgane pour bien vérifier que cette blonde en or n'était pas plus grande, qu'elle n'avait pas meilleure taille ni meilleur tour de poitrine. Elle se releva et, s'adressant au ciel comme une fille oublieuse de la crainte de Dieu, elle dit :

– Si elle ressuscitait, je me mesurerais à elle. Je lui dirais que je suis bien plus belle, moi si brune et rousse à la fois, et puis, avec mes ongles et mes dents, je lui ferais passer l'envie de venir faire la fiancée de ce côté-ci de la mer.

Un instant plus tard, elle reprit son pot qu'elle avait laissé sur le sable et tourna les talons.

À ce moment, souriante, la mary-morgane ouvrit les yeux et lança :

– Ivona, tu n'es pas la plus belle et je serais bien étonnée qu'avec ta coiffe en cornette et ton châle noir, tu puisses m'empêcher de venir me faire aimer sur cette plage. Allez, sois moins orgueilleuse et donne-moi un peu de ton eau pour que je rafraîchisse ma peau blanche avant que la mer ne revienne.

Sans réfléchir, folle de rage, Ivona se jeta sur la mary-morgane. Elle le fit si brusquement qu'elle l'envoya rouler sur les galets.

Aussitôt la blonde et la brune se retrouvèrent corps à corps, l'une cherchant à blesser l'autre autant que possible. Ivona était trop folle et trop enragée pour gagner ! La mary-morgane qui, malgré sa finesse, avait une force surprenante, la maintint tête contre le sable.

Elle lui dit :

– Pour te punir de ta méchanceté et de ton mépris, je vais offrir au sable blanc de cette plage sept de tes mèches brunes.

D'une main experte, elle arracha sans plus attendre les plus belles boucles de l'orgueilleuse et les disposa en rond sur le sable.

– J'espère, Ivona, que notre lutte te servira de leçon, et qu'en attendant de redevenir belle, tu apprendras qu'il y a d'autres filles avec d'autres beautés qui peuvent être aimées.

Ivona ne répondit rien. Elle posa sa coiffe sur sa tête, reprit son pot plein d'eau et, oubliant de la couvrir de goémon, partit sans demander son reste. Tout de suite, elle rencontra un jeune journalier qui travaillait souvent pour son père. Un pauvre journalier dont elle s'était beaucoup moquée, parce qu'il avait prétendu une fois être un peu sorcier.

– Bonjour, Ivona, d'où viens-tu pour avoir la coiffe si mal ajustée ?

– Je viens de la petite plage, derrière. Je me suis battue avec une de ces mauvaises morganes que j'ai obligée à s'enfuir.

– Tu as fait cela ?

– Oui, et même je lui ai arraché des mèches de cheveux que j'ai disposées en rond sur le sable.

– C'est vrai ?

– Oui, c'est vrai, tu peux aller voir.

– Ça oui, j'y vais de ce pas. C'est une bonne occasion pour moi.

– Pourquoi cela ?

– J'ai dans mon sac une nouvelle poudre qui me vient du couvent des fées...

– ??

– Il s'agit de poudre d'améthyste, parfumée avec des racines d'épervière. Je vais déposer cette poudre-là sur les mèches et celle qui avait les mèches sur la tête mourra dans l'heure !

– Mais... il ne faut pas faire cela.

– Et pourquoi ?

– Heu... parmi toutes ces mèches il y en a peut-être une qui est à moi.

– Viens. Ta mèche, tu la reconnaîtras.

Ivona n'eut pas le temps de répondre. Plus leste qu'une chauve-souris, le journalier zig-zaguait entre rochers et genêts, vers la plage.

Essoufflée, elle le rattrapa juste au moment où il approchait les taches brunes des boucles posées sur le sable blanc.

– Non... ne te presse pas tant avec ta poudre, laisse-moi voir !

Mais le journalier sortit la main de son sac pour saupoudrer les mèches. Ivona s'écria :

– Non, ne fais pas cela. Ces mèches, je crois bien qu'elles sont toutes à moi.

La mer pendant ce temps était revenue sur le sable blanc. La mary-morgane apparut, elle se baignait gracieusement. Quand elle vit Ivona et le journalier, elle dit :

– Ivona, une bonne leçon ne te suffit donc pas ! Fille folle, ton orgueil te perdra.

Toujours est-il qu'à partir de ce jour-là, Jakez et sa mary-morgane continuèrent à s'aimer sans rien craindre ni de Dieu ni du Diable. Ils avaient pesé leur cœur et rien d'autre ; ils n'avaient pas besoin que des écus d'or se collent à leur amour comme la méchanceté se colle à l'âme.

POSTFACE

LE DOUX pays de Bretagne est une des régions du monde les plus riches en contes et en légendes. Aujourd'hui, alors que le XXIᵉ siècle sonne à notre porte, des hommes et des femmes du monde entier se laissent bercer et nourrir, éclairer et réchauffer, par l'amour de Tristan et Iseut, par les enchantements de Merlin et par toutes les féeries vécues autour de la Table ronde du roi Arthur.

La Bretagne est cernée par des mers qui peuvent être belles et nourricières mais aussi déchaînées et mortelles. Quand on s'éloigne de l'Armor qui est l'ourlet de terre qui retient la mer, on entre dans l'Argoat qui est l'intérieur des terres. En Argoat, rivières et chemins creux parlent à toutes les forêts.

Que ce soit pour dire toutes les mers ou toute la terre de Bretagne, des paroles se sont mises à conter, après que Merlin se fut cloîtré dans la forêt de Brocéliande et que des villes trop amoureuses de la mer se furent laissé engloutir. Ces paroles ont été recueillies par des écrivains bretons. C'est grâce à leur talent que la Grande Parole de toutes les Bretagnes fut couchée sur le papier au siècle dernier et au début du XXe siècle.

Dans ce livre, j'ai interprété pour vous des moments de la tradition, comme un musicien d'aujourd'hui interprète pour ses contemporains les partitions des musiques d'hier.

C'est la singularité de l'écriture qui rend neuves les histoires.

Et, quand les contes ont fait peau neuve, ils ne se contentent plus de rendre seulement la tradition vivante. Ils cachent alors en eux des

prophéties assez fortes pour que les garçons,
les filles, les hommes, les femmes d'aujour-
d'hui, osent continuer à rêver leur vie.

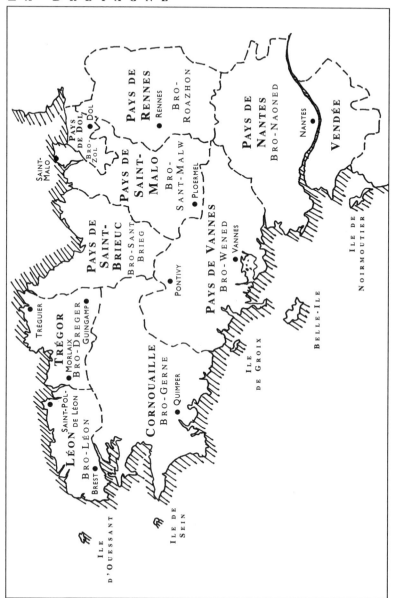

BIBLIOGRAPHIE

François Luzel : né en 1821 à Plouaret, dans les Côtes-d'Armor, mort en 1895. Il a collecté les chansons et les contes. Il fut sans doute le plus précis des cueilleurs de mots. Son œuvre est considérable. Il fut aussi professeur... puis employé de préfecture, juge de paix et archiviste. Ses contes sont disponibles en breton et en français chez de nombreux éditeurs dont Terre de brume.

Théodore Hersart de la Villemarqué : passionné par la poésie chantée et la littérature orale, ce noble est né à Quimperlé en 1815 et mourut en 1895. Il est l'auteur de la remarquable anthologie des chants populaires bretons, publiée en 1839 : *Barzaz breiz*. Cette œuvre, dès sa publication, fut admirée dans toute l'Europe, particulièrement par les écrivains romantiques.

Anatole Le Braz : né à Saint-Servais, dans les Côtes-d'Armor, en 1859, il mourut en 1926. On lui doit de nombreux contes, des récits, des romans. En 1893, il publie *La Légende de la mort chez les Bretons armoricains*, considérée comme un chef-d'œuvre.

Émile Souvestre : né à Morlaix en 1806 et mort en 1896. Il a écrit des romans, des pièces de théâtre, des essais. Il collecta lui aussi de nombreux contes. Ses œuvres montrent bien qu'il était complètement immergé dans la civilisation bretonne.

Paul Sébillot : né en 1876 et mort en 1918. Originaire de Matignon, en pays Gallo (partie orientale de la Bretagne) ; il y a récolté mille et mille contes. S'il fut un bon écrivain, Sébillot se fit aussi connaître comme peintre.

François Cadic : l'abbé François Cadic, qui

vécut de 1864 à 1929, était natif de la région de Pontivy. Il fut le curé des Bretons de Paris. Il publia dans son bulletin *La Paroisse bretonne* de nombreux contes entendus dans son enfance.

Pierre Jakez Hélias : né à Pouldreuzic dans le Finistère, en 1914, est l'auteur de centaines d'articles et de dizaines de livres en breton et en français. Il écrivit tout autant des pièces de théâtre que des poèmes, des contes et des romans. Il devint un écrivain célèbre, traduit dans le monde entier, avec son livre *Le Cheval d'orgueil*. Il est mort en août 1995.

TABLE DES MATIÈRES

I. La Lavandière de la nuit... 9

II. Qui voit Ouessant voit son sang............................ 19

III. La Jeune fille et le seigneur................................ 33

IV. La Reine des Korrigans 47

V. Le Paradis des tailleurs.. 61

VI. La Ville d'Is.. 69

VII. Comment un Breton armoricain
devint roi d'Arabie.. 81

VIII. L'Enfant supposé.. 93

IX. Le Nain et ses deux frères 103

X. L'Homme juste 119

XI. Les Fiancés de Plougastel.................................. 133

XII. La dernière veillée de Margodig...................... 145

XIII. La Mary-morgane de Port-Blanc 157

Postface 169

Carte 173

Bibliographie 175

Yves Pinguilly

Yves Pinguilly est né là où finit la terre, à Brest. Adolescent, il découvre les sept mers et presque tous les continents. Trois douzaines d'années plus tard (treize à la douzaine !), il a écrit trois douzaines de livres pour la jeunesse (treize à la douzaine !).

Toujours fou d'amour, il est capable de quitter sa Bretagne pour faire une escapade du côté des îles sous la lune, afin d'y cueillir une fleur d'ylang-ylang pour celle qu'il aime...

Aujourd'hui, vous pouvez tout autant le rencontrer vers le golfe du Bénin, dans les bras de Mami Watta, que dans une forêt sacrée au cœur de l'Afrique, aux pieds d'une princesse peule, baoulé ou bambara.

Si c'est dans un chemin creux de sa Bretagne que vous le croisez, il sera certainement en compagnie d'une jeune fée aux dents de lait. Il aura dans une de ses poches un livre de cuisine aux p'tits oignons et dans l'autre un livre de poésie aux p'tits oignons !

PARMI LES OUVRAGES
DU MÊME AUTEUR

Une semaine au cimetière, Casterman (Mystères), 1988.

Où sont passées les mémés ?, Casterman (Mystères), 1989.

Léonard de Vinci, le peintre qui parlait aux oiseaux,
Casterman (Le jardin des peintres), 1990.

Robert et Sonia Delaunay, la couleur à quatre mains,
Casterman (Le jardin des peintres), 1992.

Paris-Afrique, Rageot (Cascade), 1992.

Ma poupée chérie, Casterman (Mystères), 1993.

Le Gros Grand Gris Gris, L'Harmattan, 1993.

Le Buveur d'écume, Rageot (Cascade Aventure), 1993.

Penalty à Ouagadougou, Syros (L'aventure dans la ville), 1993.

Le Ballon d'or, Rageot (Cascade), 1994.

Le Lièvre et la soupe au pili pili, Rageot (Cascade Contes), 1994.

Herbin, Vendredi 1, Éditions du Centre
Georges-Pompidou (L'Art en jeu), 1994.

Rock Parking, Casterman (Mystère), 1995.

Le Strip-tease de la maîtresse, Casterman (10 et plus), 1996.

Meurtre noir et gri-gri blanc, Magnard (Les Policiers), 1997.

L'Abordage de la Croix Morte, Liv Éditions, 1997.

Aux Éditions Nathan Jeunesse,
dans les collections de Planète Lune :
Le Secret de la falaise, Pleine Lune, 1995.
Contes et Légendes d'Afrique d'ouest en est,
Contes et Légendes, 1997.
Les Vacances du poisson rouge, Première Lune, 1997.
Hubert le Loup, Demi Lune, 1999.

Joëlle Jolivet

DANS LA MÊME COLLECTION

Contes et Légendes d'Alsace, Jacques Lindecker.

Contes et Légendes d'Auvergne, Jean-Pierre Siméon.

Contes et Légendes du Berry, Danielle Bassez.

Contes et Légendes de Bretagne, Yves Pinguilly.

Contes et Légendes de Normandie, Yoland Simon.

Contes et Légendes du Périgord, Michel et Dany Jeury.

Contes et Légendes du Poitou et des Charentes, Denis Montebello.

Contes et Légendes de Provence, Jean-Marie Barnaud.

Contes et Légendes d'Afrique d'ouest en est, Yves Pinguilly.

Contes et Légendes autour de la Méditerranée, Claire Derouin.

Contes et Légendes du temps des Pyramides, Christian Jacq.

Contes et Légendes du Québec, Charles Le Blanc.

Contes et Légendes de Suisse, Christophe Gallaz.

Contes et Légendes de l'An Mil, Claude Cénac.

Contes et Légendes de l'An 2000, Collectif.

Contes et Légendes des Chevaliers de la Table Ronde, Jacqueline Mirande.

Contes et Légendes - Les douze travaux d'Hercule, Christian Grenier.

Contes et Légendes de l'Égypte ancienne, Brigitte Évano.

Contes et Légendes de l'Europe médiévale, Gilles Massardier.

Contes et Légendes des Héros du Moyen Âge, Gilles Massardier.

Contes et Légendes des Héros de la Mythologie, Christian Grenier.

Contes et Légendes - L'Iliade, Jean Martin.

Contes et Légendes des Jeux d'Olympie, Brigitte Évano.

Contes et Récits des Jeux olympiques, Gilles Massardier.

Contes et Légendes - Les Métamorphoses d'Ovide, Laurence Gillot.

Contes et Légendes du Moyen Âge, Jacqueline Mirande.

Contes et Légendes de la Mythologie celtique, Christian Léourier.

Contes et Légendes de la Mythologie grecque, Claude Pouzadoux.

Contes et Légendes de la Naissance de Rome, François Sautereau.

Contes et Légendes - L'Odyssée, Jean Martin.

Contes et Récits des Héros de la Rome Antique, Jean-Pierre Andrevon.

Contes et Récits - Les Pionniers de l'Automobile, Serge Bellu.

Contes et Récits de la conquête du Ciel et de l'Espace, Christian Grenier.

Contes et Récits de la conquête de l'Ouest, Christophe Lambert.

Contes et Légendes de la Peur, Gudule.

Contes et Légendes des Fées et des Princesses, Gudule.

Contes et Légendes des Lieux mystérieux, Christophe Lambert.

Cartographie : Atelier Pangaud, Paris.

N° d'éditeur : 10111855
Dépôt légal : janvier 2004
Loi n° 49 956 du 16 juillet 1949
sur les publications destinées à la Jeunesse
Achevé d'imprimer en France sur les presses de
MAME Imprimeurs à Tours (n° 04012154)
Flashage numérique CTP
I.S.B.N 2.09.282237-3